三角的距離無限趨近零 5

Bizarre Love Triangle

岬 鷺宮
Misaki Saginomiya

illustration◊Hiten

Kadokawa Fantastic Novels

Kadokawa Fantastic Novels
「可以……吻我嗎？」
三角的距離無限趨近零
Bizarre Love Triangle
岬鷺宮
Misaki Saginomiya
illustration◊Hiten
5

「我們覺得——自己現在有辦法踏出那一步。」
「這是個好問題呢……」
「耶～耶～～！」
「……你今天——已經跟秋玻接過吻了嗎……？」
「你將來想從事什麼職業？有思考過今後的志願了嗎？」
「……唔、唔啊……」
「她也很色呢～～……」
「……哎呀，原來你就是矢野同學。」
「快點舔乾淨吧……？」
「會很想要停滯期呢～～！」
「……不曉得未來會發生什麼事。」
「謝謝你願意喜歡這樣的我們。」
「……吻我。」
「真的只是個副人格嗎？」
「……你說的不正直是什麼意思？」
「……請問您求婚的時候，對她說了什麼！」
「你……是認真的嗎？」
「就是要我直接刪掉這個角色的意思嗎？」
「我覺得現在的妳，比起那時候——」
「謝謝你願意同樣地珍惜我們。」

「……吻我。」

矢野同學大大吸了口氣，
明確地點點頭。
就這樣，我們
最後的——×××開始了。

序章
Prologue

【You Need Me♡】

Bizarre Love Triangle

三角的距離無限趨近零

——陌生城市的夜景在窗外流逝。

連鎖店的招牌將光線投射到黑暗中。

在幹線道路上奔馳的貨車燈光。

從遠方公寓的某人房間透出的燈光——

這些數不盡的光芒，今後肯定不會跟我的人生有所關聯。

這些陌生人的日常生活，我也永遠沒有機會觸及。

我不知為何無法從那些光芒移開視線——一邊感覺那些軌跡烙印在視網膜上，一邊不斷注視著那些光芒。

——今天是教育旅行的最後一天，我們坐在回東京的新幹線上。

從周圍傳來的同學說話聲不知不覺間變很小，幾乎沒人說話。

取而代之的是規律的呼吸聲。

當我總算從窗戶移開視線，環視周圍時……發現修司擺出交叉雙臂的姿勢，細野和柊同學互相依偎，須藤則是張大嘴巴閉著眼睛。大家似乎都累得睡著了。

唯一還醒著的人……就只有在我旁邊重讀旅遊手冊的秋玻。

哎……畢竟我們這三天都在陌生的城市到處亂逛，這也是理所當然的事……

我面帶微笑看著他們的睡臉……突然想到現在正是時候。

既然大家都睡著了，我或許有機會問秋玻。

我想向坐在旁邊的她問清楚那件事——

「……那個……」

我時隔許久發出的聲音變得有些沙啞。

稍微清了清喉嚨——我重新問道：

「妳說人格對調的時間不會變短……或許可以維持現在這樣，到底是怎麼回事？」

——秋玻與春珂是雙重人格者。

她們兩人每過一段時間就會人格對調。

那段間隔時間並非固定，而且還越來越短，當間隔時間變成零的時候——雙重人格的症狀就會結束，據說身為副人格的春珂將會消失不見。

然而——

『——我們說不定可以永遠維持這樣喔！』

教育旅行的最後一站，在黃昏時分的生駒山上遊樂園裡，春珂是這樣對我說的。

大約兩個月前——自從文化祭結束以後，她們人格對調的時間似乎就保持不變了。

換句話說，就是距離「結局」的倒數計時停止了。這也表示她們或許可以一直保持現狀……

這到底是怎麼回事？為什麼會發生這種事？我想知道答案。

「……我們也做了許多調查，思考了很久。」

秋玻轉頭看過來，以平靜的語氣這麼說：

「我們問過醫生，查過書，還在筆記本上討論過……然後做出了結論。說不定……是因為我跟春珂都能『同樣程度地肯定自我』，才會造成這種狀況。」

「同樣程度地肯定自我？」

「對。」

秋玻點了點頭後，皺起眉頭。

「之前……春珂不是有一次差點就要消失了嗎？因為我有所誤會，對春珂感到嫉妒……有了希望她消失不見的想法。春珂也感到非常自責，結果就是她的存在變稀薄，幾乎不再出現……」

那是春天時發生的事情。

當時我們才剛認識，因為一些微不足道的誤會，讓她們兩人遇到了那樣的危機。

幸好誤會在緊要關頭解開，春珂得以避免消失的命運，但她們兩人的心情會對其人格能否存在產生影響一事，令我大受震撼。

而這個前提至今應該依然沒有改變。

「所以——我覺得能接納對方到什麼程度，能不能認同自己的存在，就是保持平衡的關鍵。」

秋玻垂下視線，繼續說下去。

「只要存在能夠得到肯定，我們就可以保持穩定，我和春珂兩人的存在就會同樣清晰……」

「……為什麼妳們會變成這樣？為什麼妳們可以互相肯定了？」

「那是因為……」

說完——秋玻看向我。

然後悲傷地瞇細眼睛。

「我們很明白——你同時喜歡上了我和春珂。」

——這句話讓我呼吸困難。

歉疚感與罪惡感讓我發不出聲音。

她說得沒錯——我現在也不明白自己的心意。

秋玻與春珂是共用一具身體的兩個人格。

連我自己都不知道我喜歡的到底是哪一個人格——

然而——諷刺的是，這件事竟然給她們兩人同樣多的自我肯定感。

……我到底該怎麼面對這個結果？

因為我的軟弱與自私，她們兩人才能像這樣保持穩定……我該為此感到高興，還是該感到羞恥？我該為此感到驕傲，還是該道歉？

「啊哈哈……」

——秋玻露出溫柔的笑容，握住我的手。

那種溫暖又柔軟的感觸幫助我稍微放鬆心情。

「別露出那種表情……我跟春珂都已經接受這件事了。變成這樣……我們反倒認為是好事，畢竟我們一直以為這種狀態遲早會結束……」

就在這時，她露出發現某件事的表情。

「……啊，對調的時間好像到了……剩下的，你就問春珂吧。」

「……我明白了。」

秋玻別開臉，稍微低下頭後——就跟春珂完成對調，重新轉過頭來。

她用那雙顯得比剛才稚氣的嗜睡眼睛環視車內，盯著窗外看了一段時間……然後又看了過來，溫柔地瞇細眼睛。

「……我們還沒到東京是嗎？」

春珂用像在說夢話的語氣如此說道。

然後——她發現我們牽著手，嘴角露出笑意。

「看樣子……秋玻是不是告訴你不少事情了？」

「嗯，妳說中了……」

「這樣啊……我說……」

春珂將視線移回窗外，繼續說下去。

我握著她的手，注視著她的側臉。

「對調時間穩定下來後，我頭一次跟秋玻討論這件事。那就是我們的雙重人格到底有著什麼樣的意義。對她來說，對我來說，這到底是怎麼回事？」

——雙重人格到底有著什麼樣的意義？

的確——其中肯定有著某種意義才對。

那正是她們不得不變成這樣的原因，還有在秋玻心中誕生的不是別人，而是春珂的理由。

「那種事情……我們過去一直不敢去想……」

春珂露出遲到時會有的那種苦笑這麼說：

「因為想到就覺得害怕。我們今後到底會怎麼樣呢？說不定在未來等著我們的是超乎想像的殘酷現實。可是……」

春珂轉頭看了過來。

那雙眼睛就跟秋玻一樣，裡面藏有數億光年的深遠黑暗，以及閃爍著無數星光的銀河——

「我們覺得——自己現在有辦法踏出那一步，有辦法去找尋『我們』之所以是『我們』的真正意義。所以，我們才會想好好思考這些問題，像是今後的事情，還有我們自己的事情……以及一直不敢去面對的過去的事情。」

「……原來如此。」

澈底見識到她的覺悟後，我點了點頭。

「嗯，我知道了。如果有需要幫忙的地方，就儘管告訴我吧。只要是我做得到的事情，我都願意去做。」

這件事對她們來說——肯定真的很重要。

她們將來應該會遇到無法心平氣和面對的場面，也會遇到讓人痛苦煎熬的場面吧。

我希望自己到時候也能在場。如果可以，我想在旁邊支持著她們。

「……呵呵呵～～謝謝你。」

——直到這時，春珂才總算放鬆表情。

不再緊張的臉頰散發出柔和的光芒。

「我就知道你會這麼說。我好開心。」

「那是我要說的話。謝謝妳願意相信我……」

明明我有整整兩個月都在恍神，逃避面對自己的心意，春珂還是願意對我說出這種話……

因為歡喜、愧疚和感激，讓我有種嘴角發癢的感覺。

「……對了，那麼！有什麼事是我該做的嗎？妳們兩人的存在總算穩定下來了，我希望妳們能一直保持這樣。如果這也是妳們的願望，我想盡量幫忙。」

然後——我再次使勁握住她的手。

「我……到底該怎麼做？」

「……嗯～～……」

面對我的問題，春珂看了過來——露出滿意的笑容。

「這是個好問題呢……」

然後她清楚說出我該做的事——
以及我能為她們做的事——

第二十四章
Chapter.24

「Yer︵YEAH!)Love-Comedy」

Bizarre Love Triangle

三角的距離無限趨近零

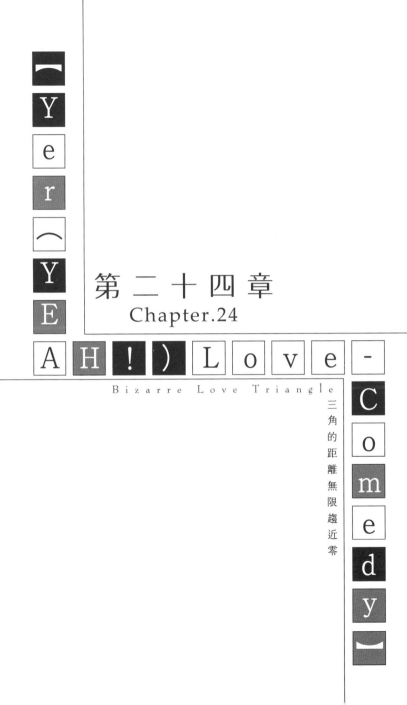

「──晚、晚安，矢野同學……」

「喔，晚……安……」

聽到熟悉的聲音，我回頭一看──被眼前的女友奪去目光。

我有聽說她會穿「那種服裝」過來。

也知道那肯定很適合她，心中滿懷期待。

可是……秋玻實際出現在我眼前的模樣遠遠超出預期，讓我不知該做何反應。

「……好、好看嗎？」

也許是發現我說不出話，秋玻眼神游移，摸摸自己的頭髮。

「我第一次穿這種衣服，所以有點擔心。希望看起來不會很怪……」

「……我……我覺得妳穿起來很好看！」

秋玻看起來是真心感到不安。

可是，我還是無法好好說出感想。

「真……真的非常……！我覺得非常……好看！」

──現在是馬上就要過年的除夕晚上十一點半。

我們相約一起跨年，在荻窪八幡神社門口碰面——而秋玻穿著美豔動人的和服站在那裡。

——那應該算是振袖吧。

袖子與外襟上有著高貴典雅的圖案，華麗的衣帶即使在黑暗中依然引人矚目。

相較之下，羽織則是以沉穩的深藍為主色，蓬鬆的披肩也給人很柔軟的感覺……我好恨自己知道的形容和服的詞彙太少。如果是更了解和服的人，肯定能觀察得更入微，說出更正確的感想。

然而，現在的我就只能結結巴巴地說出想法。

「和服真的很棒……總覺得很有跨年的感覺……看起來又非常漂亮……早知道我也穿和服過來……」

「是嗎……」

秋玻總算放鬆表情。

「那就好，不枉費我努力穿上這身衣服了……」

我們相視一笑後，走到參拜隊伍的最尾端。

深夜的神社入口附近飄散著跨年前的亢奮感和一體感。

這裡有互相依偎的情侶，還有情緒激動的小學生。

跟朋友一起來的學生三人組似乎早就喝醉，所有人都面紅耳赤。

神社境內到處都堆著篝火，讓人切身感受到今天是特別的日子。

「因為沒來過，我以前都不知道，居然會有這麼多人。看來我們有一段時間都沒辦法用火堆取暖，妳沒問題嗎？會不會冷？」

「嗯，沒問題。在穿上這身衣服以前，爸爸給了我很多暖暖包，我甚至覺得有點熱呢。」

說完，秋玻眺望周圍的景色。

「……今年真是個好年呢。」

同時小聲說出這句話。

「我轉學到宮前高中，度過久違的正常校園生活，又交到了朋友，我跟春珂好像也變得更了解彼此了……」

——身為雙重人格者的她們，過去經常待在醫療機構或醫院裡面，好像沒辦法正常地去上學。

因為現在造成她們人格分裂的家庭問題已經解決，才讓她們得以過著「正常的校園生活」。

我還不知道她們來到這個城市以前的遭遇。

在對此感到焦急的同時——她現在可以過著快樂的生活也令我感到開心。

「……那就好。看妳一直被須藤和Omochi老師耍得團團轉，我還在擔心妳會不會覺得很累。」

「啊哈哈，你放心。身邊有個活力十足的朋友，會讓我也跟著變得活力十足。不過……最讓我高興的事情……」

秋玻抬頭仰望著我。

「其實是能夠認識你喔……」

然後瞇起眼睛注視著我——

「我不曾想過自己會這麼喜歡一個人……因為我沒談過戀愛，畢竟我們……是雙重人格者，我還以為自己一輩子都沒機會遇上這種事……」

「妳竟然想得那麼遠。」

一輩子……有必要這麼絕望嗎？

至少在我眼中，秋玻與春珂都很有魅力，就算她們沒遇到我，總有一天也會跟某人墜入愛河。

然而，秋玻稍微嘟起嘴巴，不服氣地說：

「可是，換作是你，覺得自己有辦法正常談戀愛嗎？」

「……嗯嗯，這個嘛……」

經她這麼一說——我試著想像了一下。

要是我心中誕生了另一個人格……

要是我必須跟個性截然不同的那傢伙一起，過著每天不斷對調的生活……

「……好像真的有點困難。」

光是在腦海想像，我就覺得這種事真的很難。

或許確實無法輕易覺得會有人喜歡上這樣的自己。

「我就說吧……？所以，能夠遇見你真是太好了。謝謝你願意喜歡這樣的我們。」

——願意喜歡我們。

這句話突然刺進我的心。

自從教育旅行的那天以後，她們就開始使用這種說法了。

原本對我的心意感到有些不安的秋玻，以及一直保持在朋友關係的春珂，都認定我喜歡她們了——

雖然還有很多令人迷惘與煩惱的事情，但我想這應該是一種進步。

在有許多不確定的情況下，這毫無疑問算是值得慶幸的變化吧。

「……別這麼說，這不是需要向我道謝的事情。」

「可是，我真的很感謝你……還有就是——」

秋玻害羞地搔了搔臉頰——突然露出不滿的表情。

「我們再過十分鐘左右就要對調了……所以跨年的時候會是春珂陪你。」

「確實是這樣沒錯……」

「所以……這是我今年最後一次跟你見面了……」

「……想到這裡，就讓人覺得有點寂寞呢。」

「你也這麼覺得對吧？所以……」

秋玻點了頭，稍微環視周圍——拉住我的外套下襬。

然後——

「旁邊正好沒人在看……」

「……吻我。」

——我的心臟猛然一跳。

她說要接吻……？在這種旁邊都是人的地方嗎……？

可是……正在排隊的人們確實都顧著跟同伴聊天，沒人看著我們兩個。

「我們今年已經沒機會見面了，我想要一個最棒的收尾。所以——」

說完——秋玻拉著我外套的手更用力了。

然後，她微微歪著頭——

「……可以嗎？」

看到她的表情，我的心臟再次猛然一跳。

難以壓抑的強烈情感湧上心頭。

「……我知道了。」

我點點頭，用手擦了擦嘴邊，掩飾自己的緊張——然後轉頭看向秋玻。

秋玻輕輕閉上眼，把開心的臉轉了過來。

我也閉上眼睛，把自己的嘴唇短暫貼上她的嘴唇。

秋玻自然濕潤的薄唇既柔軟又有些冰冷。

幸福感半強制性地讓我腦袋發麻——

「……嘿嘿。」

當我把臉移開，睜開眼睛時——秋玻露出有些太過放鬆的幸福表情。

「既然可以這樣收尾，我今年就沒有後悔的事情了……」

「妳這樣說實在太誇張了……」

因為感到難為情，我忍不住搔搔臉頰。

秋玻探頭看向我的臉，表情又變得更開心了。

「矢野同學——明年也請多多指教。」

＊

「——哇～～新年快樂！」

「……新年快樂！」

——時間正好來到十二點整，也就是跨年的瞬間。

春珂不知為何要跟我擊掌，我只能苦笑著舉起雙手。

「耶～～耶～～！」

「……耶、耶～～……」

雖說是跨年，我們依然排在參拜隊伍中，這樣好像表現得太興奮了，讓我感到有些難為情……

然而，春珂還不滿足。

「……那、那個，我跟秋玻去年給你添了不少麻煩……！」

這次她畢恭畢敬地向我低頭道謝。

「我猜今年應該也會給你添很多麻煩，希望你能多多包涵……」

「嗯……妳不用這麼客氣啦……」

這讓我也跟著笑了出來。

「妳可以放輕鬆一點。我又不是老師，也不是妳的父母……」

「可是，該有的禮節還是要有！」

春珂用鼻子呼氣，激動地這麼說。

「每年至少要正式問候一次身邊的人才行！」

「……說的也是。」

經她這麼一說，就覺得也不無道理。

就算交情深厚，還是得守禮。不，就是因為交情深厚才更應該注意禮節。我也重新看向春珂。

「那是我要說的話。去年真是承蒙妳們照顧了。」

然後低下頭。

「妳們兩個幫了我很多忙……今年也請多多指教。」

嗯……事實上她們真的給了我很大的幫助。

之前教育旅行也是這樣，她們兩人在那之前也好幾次拯救了我的心。現在可以趁跨年表達這份謝意，讓我感到神清氣爽。

「嗯！如果你不嫌棄，就儘管依靠我們吧！」

就在春珂點頭的同時，排隊的人龍也動了起來。

看來參拜活動似乎開始了。

我們跟著隊伍前進，順利完成參拜——

「矢野同學，你剛才許了什麼願望？」

「咦……不是不能把願望說出來嗎？」

「……有這種事嗎？」

「我記得要是把願望告訴別人，好像就不會實現了……」

「不會吧！我以前都會把願望告訴身邊的人耶！」

我們一邊聊著這種話題一邊在神社境內漫步。

「……啊！矢野同學，我想要抽那個！」

就在這時，春珂突然指向對面。

那裡是——寫有「抽籤處」的商品販售區。

「好啊，我們去抽抽看吧。」

「嗯，快點過去吧！」

在春珂的帶領下，我們各自抽了一支籤。

因為怕妨礙到別人，我們走到神社境內的角落確認結果。

「……我、我抽到大吉。」

「咦！真好～～！上面寫什麼？」

「我看看……整體運勢是，雖然會遇到困難，只要付出努力就會有成果，就是要我好好加油的意思吧。願望是『慢慢等待就會實現』，貴人是『會來』，學問是『要拚盡全力』……」

「真的是支上上籤耶！我抽到的籤是……咦，這是什麼？『半吉』……？」

攤開手中的薄紙，春珂露出困惑的表情。

「而且上面寫的事情也很莫名……願望是『重新規劃』，爭事是『勝不驕』，戀愛是『自己去追求』……」

「啊哈哈，我還是頭一次看到半吉耶。」

雖然打從我懂事的時候開始就都是來這間荻窪八幡神社做新年參拜，但我從來沒見過那種籤。因為我還有抽過凶與大凶，那肯定是真的很罕見的籤。

「不過，會不會是因為妳要跟秋玻平分好運，所以才會是半吉？」

「唔～～如果是這樣，怎麼不讓我抽到好運乘上兩倍的倍吉呢……」

春珂看著手裡的籤，忿忿不平地這麼說。

然後她一臉不開心地嘟起嘴，自言自語般小聲呢喃：

「……沒關係，我想通了。我要照籤上的指示去做。我要『自己去追求』。」

說完，春珂突然下定決心抬起頭。

「欸，矢野同學……？」

「怎、怎麼了啊……」

被我這麼一問，她稍微壓低音量，小聲問：

「……你今天——已經跟秋玻接過吻了嗎……？」

——我有一瞬間不知道該怎麼回答。

要我回答這種問題讓我反射性地感到牴觸。

更不用說對方還是秋玻的另一個人格春珂。

而且——今天嗎？

正確來說，我們是在日期改變以前，也就是在昨天接吻的。就算我回答沒有，應該也沒問題才對。

可是……那並不是春珂想問的問題。

所以，我決定誠實回答——因為這是我們約定好的。

「……嗯，吻過了。就在妳們剛才對調的不久以前……」

「這樣啊……你去年的最後一吻給了秋玻是嗎？」

春珂沒有隱藏臉上的懊悔，對我這麼說道。

然後，她往我走近一步，用同樣不滿的表情仰望著我。

「那……你今年的第一個吻就給我吧。」

——春珂的長相跟秋玻一模一樣。

可是，不管是閉上眼睛的方法、稍微噘起的嘴唇，還是她變紅的臉頰，看起來都比秋玻稚氣——我能明確感覺到她們是不一樣的人。

然後——

「……好吧。」

我向春珂輕輕點頭，把嘴唇貼了上去。

她柔軟的嘴唇感覺沒有秋玻那麼僵硬。

維持一段時間後，我把嘴唇移開，春珂垂下目光，害羞地笑了。

「……呵呵呵……得到你的新年第一吻了……我好開心……」

『——你要同等地重視我們。』

『——還要同等地喜歡我們。』

這就是——在教育旅行回程的新幹線上，春珂告訴我的「我應該做的事情」。

這是為了同等地肯定她們。

也是為了讓她們同等地肯定自己。

我必須把自己心中的愛情同等地放在她們身上——

秋玻與春珂都希望成為我的女友。

而我——接受了這件事。

如果這樣就能讓她們兩人一直在一起……

如果能讓秋玻不用背負罪惡感，如果能讓春珂不用消失——我願意這麼做。

我對此並非毫無猶豫。

想要同等地重視她們兩人肯定十分困難，也不是件正常的事。

即使如此……我也不想再次從她們身邊逃走了。
秋玻與春珂把迷失自我、停滯不前的我救了出來。
我想好好面對她們，成為她們的力量。至少要報答她們的心意才行。
再說——
「……那、那邊有甜酒耶！我們去喝吧！」
「嗯，就這麼辦吧。」
說完，春珂拉著我的手邁出腳步——同時，我也發覺自己這樣很卑鄙。
我在不確定自己到底喜歡誰的情況下，同時扮演她們兩人的男友。
我們當然會牽手，也會擁抱，甚至還會接吻。
老實說……這實在太便宜我了。
所以，這種既墮落又自私的關係——讓我有種莫名的罪惡感、悖德感與共犯意識，同時也逐漸深陷其中。
「——啊，還有在舉行焚火儀式耶！」
「是啊，這裡每年都會舉行相當盛大的儀式。」
「這樣啊～～火焰好溫暖喔～～！下次來跨年，我要把家裡的神符帶來……」
至少——我不想把這件事怪罪到任何人身上。

我是出於自己的意志選擇這麼做的。

責任在我身上，而且我這麼做是為了自己。

所以——就算像這樣跟春珂並肩前進讓我心中有種莫名的雜音……

就算內心無法保持平靜，有種某事物開始偏移的感覺……也肯定只是我的錯覺——

＊

「——各位同學，這一刻終於到來了。」

第三學期才剛開始沒多久，在一月下旬的某個早上。

千代田老師背脊挺得比平時直，對我們如此說道。

然後，她把一疊資料交給坐在前排座位的學生們。

「請把這份資料傳到後面。」

還對他們下達這樣的指示。

——離跨年已經過了三個星期左右。

寒假症候群早就痊癒，我已經習慣需要上學的日常生活。

可是——教室裡依然隱約飄散著浮躁的氣氛。

從窗戶看出去的西荻街景有些泛白……讓人覺得新年的氣氛好像還殘留著一些。

「我剛才發下去的是升學意願調查表。」

在有些鬆弛的氣氛之中，只有千代田老師凜然的聲音在教室裡響起。

「我要請你們在調查表上填寫明年想選擇的升學路線，還有未來的規劃。截止日期是下個月，也就是二月十五日星期五。」

我從坐在前面的同學手中接過整疊調查表，從裡面拿出一張後，又傳給坐在後面的學生。就跟千代田老師說的一樣，小小的紙上寫著「升學意願調查表」這個標題。

——在這所宮前高中，三年級學生除了會被分成文組與理組，還會依照志願分成幾種組別。

分別是以考上大學或短期大學為目標的「升學組」。

還有以考上頂尖大學為目標的「特考組」。

以及希望就讀專科學校或就職的學生所屬的「普通組」。

因為這間學校在地方上是排在前面的重點高中，大概會有三成學生選擇特考組，五成選擇升學組，兩成選擇普通組。

既然二年級已經來到尾聲，我們似乎也終於該選擇組別了。

「在此之前，我只要有機會就會跟你們談論將來志願的事情……我想大家應該都已經開始思考這件事了。」

千代田老師一邊這麼說一邊環視我們。

「不過，就算有人還沒做出決定，二月份也有職場體驗活動。請大家以該活動為契機，仔細思考未來，決定自己的志願。」

……志願啊……

我一手拿著調查表，一手拄著臉頰。

這個問題確實迫在眉睫，但其實我對此毫無實際感受，從未想過這件事。

一方面是因為我忙著處理與秋玻和春珂之間的關係，另一方面也是因為我在這兩個月都無法正常思考。

更何況……對於就讀大學或踏入職場這種事，我連一點真實感都沒有。

我總覺得那是非常遙遠的未來的事情，感覺一點都不現實。

……可是，高中生肯定都是這樣吧。

直到問題實際來到眼前為止，都無法真實地面對未來的事情。

光是要應付眼前的問題，大家就已經拚盡全力了吧。

或許就是因為這樣——為了半強制性地讓大家思考將來，校方才會設定一個近在眼前的截止日期。

「需要找人商量的同學，請務必來找我，也可以盡量跟家人討論。因為這是你們在高中二年級的最後必須做出的重要抉擇。」

千代田老師像是面對難題的搶答者，露出無懼的笑容，然後用比平時還要清楚的聲音這麼說：

「——讓我們一起努力，找到大家都能接受的答案吧！」

——聽到她這麼說，我總算隱約有種真實感了。

啊啊——我的高中二年級生活就快要結束了。

不管是待在這個班級的時間還是這種無所適從的狀態，都只剩下一個月左右了——

*

——午休時間。

即使跟平時的成員一起吃午餐，話題也一直離不開志願的事情。

「啊～～高二生活要結束了～～！」

須藤手裡還拿著吃便當用的叉子，一邊這麼說一邊抱著頭。

「我美好的高中二年級生活就要結束了～～！唔喔喔喔喔～～！」

「應、應該沒必要這麼感嘆吧……」

因為她實在表現得太難過，讓手拿筷子坐在對面的修司難得有些嚇到。

「妳還能當女高中生一年，沒必要緊張吧……」

「你不懂啦！」

可是，須藤──怒斥一聲，用沒拿著叉子的手指著修司。

「高中二年級這一年可是有魔法的！高一還太幼稚，高三又太過接近現實……！可是，高二正好處在絕妙的年齡，又沒有太多人生課題要面對，可說是青春中的青春！戀愛、友情、夢想！不管是哪一樣，高二都是最輝煌的時期！」

……我好像可以理解她想說的話。

感覺得出世人都認為「高中生」是個特別的世代，我自己成年以後應該也會懷念現在這段日子。

只是──

「真、真的是這樣嗎……」

聽完須藤熱情的演說，秋玻露出不太能接受的表情。

「雖然我們確實處於絕妙的年齡，但其他學年應該也有各自的魅力吧……？」

而我也贊同秋玻的看法。

小學生也好，國中生也好，大學生和成年人也好，每個世代的人應該都有各自的煩惱、問題、耀眼之處和優點。高二就特別了不起這種說法……我有些無法理解。

可是，須藤打死都不肯退讓。

「確實是這樣沒錯！可是，看看全世界的漫畫和動畫！主角幾乎都是高二生對吧！所以結論就是，實際上這個年齡就是特別！這可是人生的黃金時期啊！」

「是、是喔……」

面對須藤的氣勢，就連秋玻都有點跟不太上。

「可是，一旦開始決定志願……我的青春最耀眼的光芒就幾乎等於消失不見了！再見了！青春！再見了！青春之光啊！」

「……須藤，那我問妳。」

她的說法讓我有種感覺。

我暫時放下夾起飯的筷子，向她問道：

「妳是不是還沒想過將來的事情？」

總覺得自己好像找到同伴了。

須藤的個性本來就比較隨便，應該會覺得未來的事等以後再來思考就行了。

事實上，剛才的對話也給我這樣的感覺。

然而，須藤很乾脆地搖搖頭。

「沒那回事，我已經想好未來想從事的職業和志願了。」

「……真的假的？那妳想從事什麼職業？」

「我想當小學老師。」

——須藤毫不遲疑，毫無猶豫地如此斷言。

「所以我想在東京都內的大學取得教師資格，組別就決定選文組的升學組了。」

這我還是頭一次聽說。

我們明明當了兩年的朋友，我卻沒聽她說過這件事。

「呃……妳說高二是黃金時期，卻要跑去教小學生嗎……？」

修司再次困惑地問道。

可是，須藤對此毫不在意。

「廢話！雖然高二是青春的精華時期，如果要當老師，當然要教小學生吧！小學生就是可愛！而且前途一片光明！」

——聽著這些對話的同時，我開始感到不安。

這樣啊……原來須藤想當小學老師。

我覺得這職業確實很適合她。以她的個性，不管小孩子是男生還是女生，應該都會喜歡她。

而且為了取得教師資格，她還打算讀大學……她竟然連這種現實層面的事情都考慮到了。

「——修司又有什麼打算！」

「噢，我嗎？」

正當我忙著思考時，話題轉到了修司身上。

「家裡有問我大學畢業以後要不要到爸爸的公司上班。可是，我不希望到時候被人說是靠爸族，所以想在大學認真學習程式設計。為了考上資訊學系，我打算選理組的特考組。」

「哦～～！」

我確實聽說過修司的父親在東京都內擔任ＩＴ企業的老闆。雖然不是很大的公司，但業績似乎不錯，連修司都覺得自己贏不過父親。

這就表示修司……願意面對自己的父親了吧。

「那秋玻呢？妳有將來想從事的職業嗎？」

「這個嘛……雖然還只是個夢想，我有點想成為音樂方面的寫手……」

然後，就連秋玻都開始說起自己的計畫。

「寫我喜歡的爵士樂也行，但我希望可以寫更多方面的文章……像是其他類型的音樂，如果可以寫我喜歡的小說，應該也很不錯……」

「噢，我懂了，就是類似專欄作家或散文家這種職業對吧？」

「嗯，大概就是那種工作……」

聽了修司的問題，秋玻點點頭。

「我有個崇拜的散文家，所以一直想從事那樣的職業……」

——其實我們以前閒聊的時候，我就聽說過這件事了。

她說想當個寫手，寫些關於自己喜歡的東西的文章。

還說雖然門檻很高，但她想挑戰看看。

當時還只是個不明確的夢想……但對現在的秋玻來說，這似乎已經從夢想變為現實的目標了。

「可是，不管是寫手還是專欄作家，都沒有特定的入行管道，所以我想先去就讀文學系，一邊鍛鍊文筆一邊開始寫部落格……不過，因為還有春珂的問題，我也不曉得現實會是什麼樣的結局……」

「咦～～聽起來超級有趣耶！我想讀讀看！」

「我也想讀讀看。水瀨同學推薦和解說音樂的文章，實在讓人很感興趣……」

「謝謝……等我弄好部落格就會跟大家報告。」

「好耶～～！我超期待～～！」

剛才的憂鬱表情就像是騙人的，須藤露出燦爛的笑容如此說道。

她旁邊的修司喝著紙盒裝咖啡，這麼說了：

「順便告訴你們，柊同學說她想到出版業工作，所以會選擇文組的特考組，目標好像是她姊姊就讀的地方大學。細野則是意外地想當酒吧店員，可是，他還是想要大學畢業，所以好像會選擇文組的升學組。」

「居然是酒吧店員！我好像很能理解耶！啊哈哈哈哈哈哈！」

須藤大聲爆笑。

「那傢伙感覺就會一臉憂鬱地說：『這是那位客人請妳的……』啊哈哈哈哈哈！不，我不能這樣笑他，畢竟那可是他認真的夢想……到時候我們就去他上班的店裡坐坐吧。我來當他的第一個常客……」

須藤突然下定了決心。

修司笑著看她說完這些話後，轉頭看了過來。

「矢野，那你呢？」

然後極其自然地這麼問我。

「你將來想從事什麼職業？有思考過今後的志願了嗎？」

「咦？我、我嗎？啊～～啊哈哈……」

話題總算轉到我這裡，明明早就知道會變這樣，我還是不知該做何反應。

「其實我沒想太多，還沒決定～～」

「這樣啊……這還真教人意外。」

「是啊，我還以為你早就找到未來的夢想了呢！」

「不過，這也是個好機會，我會趁機思考看看的……」

我做出這樣的回答，喝著水壺裡的茶……並且有種彷彿遭到責備的感覺。

我發現自己的心情變得異常不安——

「看來我也差不多該有個目標了……」

＊

「——將來的事情啊……」

在放學後的教室裡。

春珂慵懶地趴在眼前的桌上，同時如此說道：

「我不曉得自己以後會怎樣……所以沒怎麼想過這種事。」

「……啊，抱歉，這個話題可能不是很好……」

在此之前，春珂一直被認為會在不久的將來消失。

雖然對調的時間不再縮短，讓她有機會繼續維持現狀……但這也沒有確切的保證。跟她討論未來的事情或許有些殘忍。

糟糕，我真的失言了……

可是，趴在桌上的春珂對我笑了。

「不，沒關係。不過，既然事情變成這樣，我說不定也該思考一下這個問題……畢竟我有可能不會消失了……」

——最近又變得更冷了。

社辦裡充滿前所未有的潮濕空氣。

無論是擺在書架上看起來隨時都會垮下來的精裝書書背，還是蘇聯尚未消失的地球儀，或是貼著外星人貼紙的收錄音機，看起來全都露出比以往寂寞的表情。

「……對了，雙重人格的事情怎麼樣了？」

我突然想起這件事，向她問道：

「後來又有什麼新發現嗎？」

「……啊～～其實呢～～……」

春珂用有氣無力的聲音說出這句話後，陷入沉默。

然後——她一語不發地站起來，走到我面前。

「怎……怎麼了嗎……？」

春珂用有些無精打采的悲傷表情看著我。

我覺得莫名其妙，愣愣地仰望著她的臉。

「……咦？等……等一下……！」

春珂——在我的大腿上坐了下來。

不是拘謹地側身坐下。

而是面對著我坐下，還用雙腿夾住我的身體。

大腿能感覺到春珂的體重和體溫。

她制服胸前的隆起緊貼在我眼前，讓我不知該把視線放在哪裡。

「妳……妳在做什麼……！這樣靠太近……」

我不知所措地這麼說，但春珂用雙手——捧住我的臉頰。

然後把我的臉轉向她。

「……嗯！……」

接著把嘴脣貼上我的嘴脣。

就跟往常一樣，我切身感受到那柔軟的薄脣。

可是——還不只有這樣。

春珂稍微張開了嘴。

「……！」

然後——柔軟的舌頭鑽進我嘴裡。

——身體反射性變僵硬。

我的身體被春珂從內側玩弄著——

可是——她小小的舌頭動作溫柔，而且又濕又滑，讓我覺得非常舒服——

當我回過神時，才發現我也正用自己的舌頭畏畏縮縮地做出回應。

——仔細想想，我很久不曾這樣接吻了。

上次是在跟秋玻交往的時候，已經是好幾個月前的事了——

然後吻了很長的一段時間以後——

「……欸，矢野同學？」

春珂終於把臉移開，用拇指擦了擦被唾液沾濕的嘴角——露出魅惑的笑容問道：

「你跟秋玻做到什麼地步了……？」

「……妳這話是什麼意思？」

「不光是接吻，你們還做過更多事對吧？我隱約感覺得出來……」

……你們還做過更多事對吧？

換作平常，我絕對不會告訴別人這種私事。

可是——我無法隱瞞春珂。

既然已經說好要同樣重視她們，同樣喜歡她們，我就必須對她實話實說。

「我們確實做過更進一步的事……」

「做到什麼地步？」

面對這個露骨的問題，我有一瞬間猶豫了——

「……就只有摸胸部。」

那是修司向須藤告白那陣子發生的事情。

秋玻把我帶到她住的公寓，結果自然而然就發生那件事了。那肯定就是……我們目前做過的第一次，也是最後一次的「那種事」。

「……那……」

——春珂解開外套的釦子。

接著敞開開襟毛衣拿下緞帶——把包覆在襯衫裡的雙峰靠了過來。

然後——

「……我也要……」

——我不自覺地躊躇不前。

本能則是非常想動手。

我想撫摸眼前的雙峰。我絕對無法否定自己懷有這種想法。

可是……這本來應該是——情侶之間的行為。

我不確定現在的我們是不是那種關係，也純粹希望春珂能更重視自己的身體。我不知道自己該不該做出這種事。

可是——

「……每次都只有秋玻，實在太奸詐了……」

春珂一邊喘息一邊難過地這麼說：

「不管是跟你交往還是做什麼，每次都是秋玻搶先……我也想跟你做會臉紅心跳的事……既然你跟秋玻做過了，我也想跟你做……」

——她露出殷切的表情。

顯然不是在捉弄我，也不是誇大其辭——這對她來說肯定是真的很重要吧。

如果是這樣——我就無法拒絕了。

我絕對不能無視她想得到跟秋玻同樣的對待這個願望。

我稍微深呼吸了一下，把手伸向春珂的胸部。

然後——用手掌包覆那雙峰。

「……嗯！……」

也許是被初次體驗的感覺嚇到，春珂小聲叫了出來。

我的手掌感受到的雙峰相當有分量——

在感到腦袋逐漸發燙的同時——我盡量溫柔地開始撫摸。

「……啊……嗯啊……」

春珂閉上眼睛皺起眉頭，像在忍受著什麼。

而我——也因為這久違的感觸，感覺到自己的心臟正在亂跳。

我最先感受到的是跟以前一樣的胸罩感觸。

我記得在漫畫和動畫裡都把胸部形容成非常柔軟的東西，但至少隔著衣服撫摸的感覺並非如此。

手掌強烈感覺到的是胸罩的存在與表面的蕾絲。

明明已經不是第一次了，那種堅硬的感觸依然讓我有些意外。

此外——在那種堅硬的感觸底下，確實有種柔軟的東西。

「……唔、唔啊……」

每當我的手掌感受到那東西時——坐在我腿上的春珂就會扭動身體。

她皺起眉頭閉著眼睛，把手擺在嘴角——

可是，她無法完全藏住不時發出的呻吟聲。

看到春珂露出這種表情——我也拚命忍耐著從體內湧出的衝動。

——繼秋玻之後，她是第二個跟我做這種事的女孩。

因為她們兩人共用同一具身體，或許應該算是同一個人才對。

然而……不可思議的是，跟秋玻與春珂做這種事的感覺有很大的差別。

在我掌中的胸部明明大小、形狀與柔軟度相同……但她們兩人的胸部毫無疑問是不一樣的東西。

……還有就是，不知為何……

明明身處在這種狀況，明明發自內心沉迷於眼前的事情——我卻突然感覺到情況好像有些「不對勁」。

「……其實——」

春珂微微睜開眼睛，說出了這句話。

「我……一直在想。」

「……想什麼？」

「想雙重人格的事……對我們彼此來說，我們到底算是什麼……」

春珂一邊喘息一邊繼續說下去。

我無法停手，就這樣聽她說話。

「我……嗯！……一直覺得自己是秋玻的副人格……啊……我只是暫時……啊！嗯……存活在她心中……」

——在跟我相遇以前，這一直都是她們兩人的共識。

春珂是在秋玻心中誕生的。

主人格是秋玻，副人格是春珂。

春珂只是為了保護秋玻而存在——一旦完成職責，遲早會消失不見。

可是——

「……真的是這樣嗎？」

春珂紅著臉微微歪頭——對此提出疑問。

「至少……嗯嗯……你會對我做這種事……啊！啊！……你會吻我，摸我身體，對我做這種下流的事情……」

然後——春珂扭動身子，露出發現異狀的表情。

「……矢野同學。」

她看向我，得意地笑了出來。

「……你的這個……是不是變大了？」

——這個問題讓我覺得很難堪。

被春珂發現這件事的羞恥感，讓我的心臟猛然一跳。

「這也……怪不得我吧……」

這也是理所當然的事。

因為我正盡情地玩弄自己相當有好感的女生的胸部。在這種情況下，我不可能毫無反應。

更何況，其實……早在我還沒碰到她的胸部，只是被她騎到大腿上的時候就一直是這種狀態了。跟秋玻交往時……有時候光是牽手都能讓我變成這樣。

「這樣啊……原來真的會變成這樣……」

春珂臉上依然掛著微笑，再次扭動身體。

她用自己的下腹部壓在我的腰上，開心地笑個不停。

「……就是這個對吧？真的會變硬耶……唔哇啊……」

「喂、喂……春珂……」

「我說，矢野同學……」

春珂再次微微歪過頭，把臉靠過來小聲問道：

「……要做嗎？」

——這句話讓我全身熱血沸騰。

「我們要不要……現在就在這裡做？」

我非常想做。

想要立刻推倒她的衝動占據了我的腦海。

就像要趁勝追擊一樣——

「我有……做好準備，身上帶著那個東西……」

「咦？為什麼妳會有那種東西……」

「矢野同學，你之前不是跟秋玻去過賓館嗎？當時秋玻好像偷偷拿走了一個。她也很色呢～～……」

說完，春珂再次輕笑。

「所以……我們來做吧……」

這個提議充滿著現實感。

在這裡跟春珂做——

體內的這股衝動已經強烈到讓我頭暈目眩的地步。

腦海中無條件浮現出那樣的光景。

春珂赤裸的身體，還有肌膚的感觸，以及把慾望發洩在她身上的快感——

我現在就想把這股衝動發洩在春珂身上。

可是——

「……嗯嗯……」

我腦海中的某個地方對這件事感到非常抗拒。

——我跟春珂不應該做那種事。

在關係這麼曖昧，心意也尚未確定的情況下，我們不能做出那種事情。

我沒有那種經驗，春珂肯定也是第一次。我們至少得重視自己的第一次。

此外，比起那些道理——在我內心深處的某個地方還有一股更強烈的痛楚。
而我無論如何都無法消除那種痛楚——
正當我拚命忍受被兩種強烈的情感撕扯的痛苦時——春珂似乎也注意到了。
「……呵呵呵。」
她小聲笑了出來。
「我想也是。突然說出這種提議，你應該很困擾吧。要是我們在這裡做，結果被千代田老師發現，後果也不堪設想。若事情傳到我爸爸那邊，肯定會引起一陣騷動……」
然後——
「……今天還是到此打住吧。」
說完，她緩緩離開我的大腿，整理凌亂的制服，把外套的釦子扣了回去。
看到她那種樣子——我突然感到很愧疚。
「……抱歉。」
這種狀況應該就是所謂的「讓女生蒙羞」吧。
俗話說「送到嘴邊還不吃，是男人的恥辱」，我或許做了相當過分的事情。
可是——
「沒關係啦。雖然有些遺憾，反正以後還有機會。」

聽到我道歉，春珂用熱情的聲音這麼說。

然後她探頭看向我無法抬起的臉。

「不過……我覺得我們總有一天會做那件事。我們一定會變成情侶，在彼此都能接受的情況下非常幸福地做。」

聽到這句話——我再次想像了一下。

我跟春珂發生關係時的光景。

她全身赤裸的模樣，還有柔軟的身體——

以及——兩人合而為一的幸福感與性愛的快感——

「……所以……」

當我回過神時——春珂的臉龐就在眼前。

「到時候，我們要盡情地做喔。」

我有種內心被看透的感覺，反射性地別開視線——

「……啊哈哈哈。」

「……我說，矢野同學。」

春珂開心地笑了出來，回到原本的座位。

然後——她重新露出平時的開朗表情。

春珂找回那種有些脫線又充滿稚氣的表情後——這麼問我：

「——你覺得這樣的我……這個心裡小鹿亂撞，讓你心癢難耐，跟你一起慾火焚身的我——真的只是個副人格嗎？」

＊

「——老師，我把面談日程調查表都收齊了。」

「嗯，謝謝你。」

過了幾天的午後。

身為值日生的我把收齊的調查表交給千代田老師後——老師從注視著的電腦螢幕抬起頭，笑著接過調查表。

「哎呀～～矢野同學，每次你當值日生，總是很快就能完成工作，真是幫了大忙呢。有些學生不管過多久都沒辦法收齊……」

千代田老師邊說邊翻閱調查表，開始檢查內容。

——午休時間的教職員辦公室十分熱鬧，擠滿了老師與來找他們的學生。

有些學生來問課堂上的問題，有些學生跟我一樣來交東西，有些學生一臉認真地跟老師商量事情……

也有些學生不確定有沒有目的，看起來只像是在跟老師談天說笑。

而老師們也停下吃便當、停止使用電腦，或是暫時放下打分數的工作，去應對那些學生。

……當老師還真不容易。

現在應該是老師們寶貴的午休時間，他們卻連休息的時間都沒有……

連高中老師都這樣了，如果是小學老師，須藤應該會當得很辛苦吧……

「——嗯，確定沒問題了。謝謝你。」

「不客氣，那我先走了……」

「啊，等一下！」

千代田老師叫住準備回教室的我。

「……有什麼事情嗎？」

「矢野同學……你還沒繳交職場體驗活動調查表……還沒決定要去哪裡嗎？」

「……嗯。」

……確實如此。

千代田老師前幾天說明過的職場體驗活動已經進入準備期了。

那是讓幾名學生組成小組，實際去拜訪企業參觀其工作情況的活動。學生可以去拜訪校方準備好的企業，也可以自行找企業交涉，請對方開放參觀。

目的似乎是讓學生去參觀盡可能貼近其志願的公司，更具體地思考未來。

可是——

「……是的，我還沒決定……」

我還沒想好要去哪間企業參觀。

修司似乎要去澀谷的ＩＴ企業，須藤則是附近的托兒所。秋玻與春珂好像也已經開始規劃了。

然而……連將來的目標都還沒決定的我，至今依然無法確定要去哪裡參觀。

「真難得，你居然會把一件事拖得這麼久……」

千代田老師露出像是醫生檢查患部的表情，探頭看向我。

「你好像很煩惱呢。」

「……是的。」

就算想隱瞞，應該也瞞不住吧。

我誠實地點點頭，把心中的煩惱說出來。

「我還沒想好將來想做的事……所以總覺得去哪裡都不對……」

「……哦～原來如此。」

千代田老師輕輕吐了口氣，把身體靠在椅背上。

「哎，我想也是。在你們這種年紀，就算要你們思考將來想做的工作，應該也有難度吧……」

……真的是這樣嗎？

畢竟我身邊的其他人都早就規劃好自己的將來了，老實說我最近一直有種跟不上大家的感覺。

「……噢，不過，對了！」

就在這時，千代田老師突然露出靈光一現的表情——然後用有些傷腦筋的表情向我如此提議。

「說不定……你可以去跟他們商量看看。」

「跟他們商量？」

「沒錯，剛好有些學生要去參觀也很適合你的職場。所以，我覺得你可以去跟他們談談。」

「這樣啊……」

適合我的職場……到底是什麼樣的地方？

可是，既然千代田老師都這麼說了，我倒是有點感興趣。

「那我希望妳能介紹他們給我認識……」

「嗯，當然沒問題。話說，其實他們是你的朋友，你們自己去談可能更好……」

……我的朋友？

會去適合我的職場參觀的朋友——難不成是「那些傢伙」？

說到在這個學年與我氣味相投的人，其實並不是很多。

……嗯。

我猜八成是那兩個傢伙吧。

「而且我覺得你肯定會對那種職場感興趣。既然你還不知道將來想做什麼，我覺得先去單純感興趣的地方看看也不錯……嗯。」

千代田老師露出有些害羞的表情。

最後又小聲補上這句話：

「雖然我會覺得有點難為情就是了……」

【停滯不前是一種罪過】

第二十五章
Chapter.25

「——我們打算去『町田出版』這間出版社的文藝部參觀。」

——跟千代田老師聊過職場參觀活動的隔天，也就是星期六。

我們來到水瀨家，在秋玻與春珂的房間集合。

千代田老師推薦給我的朋友——柊同學，對我如此說明：

「那是跟我姊姊合作的出版社。其實我已經去過好幾次，感覺沒那麼新鮮了……但我還是想仔細參觀一下出版業的工作內容。」

——柊同學的姊姊柊TOKORO是目前很活躍的新銳作家。

她把自己的妹妹柊時子當主角寫的作品默默創下了熱賣紀錄，之後也一直以柊同學的生活為題材，繼續出版系列小說。

柊同學——似乎打算去參觀自己姊姊工作的地方。

……這女孩經常說自己的姊姊是「妹控」，但她應該也相當喜歡姊姊吧……

然後，坐在旁邊的柊同學的男友——細野也跟著說下去。

「我也打算跟她一起去，就算要當酒吧店員，這種難得的經驗也很重要不是嗎？這樣跟客人聊天時的話題也會變多……而且還能跟小柊在一起。」

雖然很想吐槽「喂，後半段很明顯才是你的真心話吧」，但我沒有真的說出口。

我最近總算發現這兩個傢伙是那種外表看不太出來的笨蛋情侶。

「然後，我已經問過姊姊了，她說很歡迎你們三個一起去參觀。她好像之前就對你們很感興趣了。她的責編野野村先生也說只多出這點人數不成問題，所以……」

然後，柊同學那張和風美人的臉露出溫柔的微笑。

「你們要跟我們一起去嗎？」

「……出版社啊……」

我小聲複誦她提議的參觀地點。

「我確實對那種地方很感興趣……」

比起學校列舉的候選地點以及我自己想到的幾個方案，這個地方確實壓倒性地有趣。因為我很喜歡書本，也對製作書本的過程很感興趣。

只不過，我不太確定那會不會是自己將來的工作。

畢竟我只是喜歡看書，從沒想過要在那個業界工作。

然而，只因為感興趣就去打擾人家真的好嗎……

「……啊，對了。」

像是要推猶豫不決的我一把，柊同學露出有些不懷好意的笑容。

「那位責編野野村先生……其實就是千代田老師的丈夫。我們說不定能打聽到一些有趣的事情……」

「……真的假的！」

柊TOKORO的責編竟然是千代田老師的丈夫！

「嗯，是真的。所以，早在千代田老師到宮前高中當老師以前，我就已經見過她了。知道她是野野村先生的女友，也是在正式認識以後，對此我至今依然感到有些不可思議……」

這未免太湊巧了吧！這個世界還真小……！

……呃，不過，我記得以前好像在哪裡聽說過這件事……

就是柊同學與千代田老師從以前就認識……

話說回來……這還真令人在意。

我很好奇那個千代田老師到底是跟什麼樣的人結婚……

不過——

「咦咦咦咦！這消息太勁爆了！」

有個人比我還要興奮。

——那就是春珂。

她探出身體，用顯然很激動的聲音說：

「這種巧合給人一種命中注定的感覺呢……還有千代田老師的丈夫……！他到底是什麼樣的人呢？我好想知道千代田老師會喜歡什麼樣的人……！」

春珂像在看愛情劇，眼睛閃閃發亮。

柊同學發出輕笑解釋：

「野野村先生感覺就是個溫柔體貼的大哥哥，畢竟他能很有耐心地應付我那個任性的姊姊……」

「哦～我好像可以理解呢……老師感覺就會跟那種非常溫柔的人結婚。他們兩人又是怎麼認識的……」

「他們好像從學生時代就認識了。他們原本是同鄉，但後來野野村先生來到東京，千代田老師留在故鄉，兩人是遠距離戀愛……好像一直分分合合……」

「咦～～！感覺是對可愛的情侶呢～～！他們之間到底發生過什麼事呢……果然是會經常感到嫉妒或不安，要不然就是因為這樣吵架對吧……」

抱著坐墊的春珂不斷扭動身體。

這女孩……從以前就經常像這樣喜歡談論別人的戀情。

話說回來，一般人會因為談論班導的戀情變得這麼興奮嗎……

不過，其實我也很想親眼看看那位野野村先生……

「……我決定了！」

就在這時，春珂露出下定決心的表情往我看過來。

然後——

「矢野同學！我們也去出版社體驗職場吧！然後，我要把千代田老師跟野野村先生談戀愛的經過全部問個一清二楚！」

「不，舉辦職場體驗活動不是為了讓妳聊八卦吧？」

春珂完全就是想去玩，讓我忍不住笑了出來。

秋玻的個性明明那麼認真，為什麼春珂會這麼自由奔放……

總是容易死腦筋的我有時候真的很羨慕她。

而且就算被我吐槽，春珂也完全不為所動。

「可是，如果只是先稍微聊一下八卦，之後也有好好參觀工作內容，不就沒問題了嗎！契機是什麼都無所謂！重點是之後的行動吧！」

「嗯嗯……或許妳說得對。」

「你應沒有其他想去的職場吧？」

「確實如此……」

「那我們就去嘛～～！」

「……嗯～～」

也許是被春珂的情緒影響，我也在不知不覺中變得積極。

我無法否認自己是被局勢牽著走，這也完全不是有計畫性的行動。

可是……實際情況是我已經沒有太多時間可以煩惱，只能如此妥協了。

「……那麼，這個嘛，柊同學。」

我轉頭看向柊同學，再次對她低下頭。

「希望妳……讓我們一起去出版社參觀。」

「……我明白了。」

柊同學開心地笑了，向我點點頭。

「可以跟你們一起去，我也很開心。我會跟姊姊說一聲的……」

＊

「——對了，我和小柊接下來想去吉祥寺買東西。」

職場體驗活動的事情說定以後，細野收拾好東西，起身準備回家。

這時，他露出突然想到某件事的表情，開口說道：

「你們兩個也要一起去嗎？」

「……啊，這是個好主意呢。」

在旁邊聽到這個提議後，柊同學也笑了出來。

「仔細想想，我們四個好像不曾一起出門。感覺好像會很有趣，如果你們之後沒有其他計畫……要不要一起去？」

經他們這麼一說，我才發現我們四個人好像真的很少一起行動。

因為平時還會有須藤與修司這兩位成員，我自己也很少有機會跟柊同學說話。

我覺得自己絕對跟她很有話聊。

我們兩個都喜歡看書，又有很多共通的朋友。

所以換作是平常，我一定會立刻答應這個邀請。

「……不了，其實我等一下還要在這裡處理一些事情。」

可是，我有些遺憾地抓抓頭髮，如此答覆他們。

「如果你們不嫌棄，下次請再邀請我們……」

「咦？是這樣嗎？」

「那就沒辦法了……」

細野露出可以理解的表情，姑且點了點頭——但他不知為何又狐疑地端詳我的臉。

「……怎、怎麼了？我臉上有沾到什麼東西嗎？」

「沒有啦，矢野，你最近好像……」

細野沉默了一下，像在思考該怎麼說出口。

「……看起來很累的感覺。」

「……咦？」

看起來很累？我嗎？

「……可是我完全沒有那種感覺。」

「臉色也不太好看，總覺得你好像非常疲倦。」

「……真的嗎？」

我並沒有感冒，身體狀況也不差，更沒有過度運動或念書。

然而，他卻說我看起來很累？真的是這樣嗎？

可是細野莫名堅持自己的想法。

「你真的沒問題嗎？你是不是太過勉強自己，只是自己沒發現而已？」

「……我覺得自己沒事。我應該很清楚自己的狀況。」

「……不，你這麼說才是最令人擔心的。」

細野輕輕嘆了口氣，露出傷腦筋的笑容。

「文化祭以後不是發生過那件事嗎？老實說，你口中的『我沒事』，實在讓人無法放心。」

「……啊～～」

自從秋玻在文化祭時提議分手以後，我有將近兩個月都活在幾乎停止思考的狀態之中，而我自己對此毫無自覺。

當時的我給大家添了很多麻煩，也難怪細野不相信我。

「被你這麼一說，我就沒辦法辯解了……」

「所以……你應該學習如何察覺自己的心情。我覺得這是因為你的個性太認真，但要是認真過頭，受傷的人還是你自己。」

……我有一瞬間以為細野有點生氣。

因為他的口氣很粗魯，表情看起來也像是生氣了。

可是……我猜這八成是他最大限度的關心。

細野在關心別人的時候，偶爾會表現出特別不客氣的態度。

「……嗯，謝謝你。我會注意的。」

我忍著笑意如此回答後，細野用更不客氣的口氣應了一聲「嗯」。

接著又用快聽不見的音量說：

「……不過，要是你有事想找人商量，隨時可以告訴我。如果有我幫得上忙的地方，我也想盡一份心力……」

——柊同學用看著可愛動物般的眼神深情地注視著這樣的細野。

*

「——那麼……」

送細野他們到玄關以後，我回到房間。

我做個深呼吸，讓自己重新打起精神。

「接著就輪到今天的正事了……」

「……是啊。」

人格似乎在不知不覺間對調了。

秋玻點了點頭，用有些過意不去的表情看了過來。

「抱歉，讓你陪我們做這種事……」

「沒關係，這是我自願的。我想了解這些事情……」

「……謝謝。」

秋玻點頭道謝後，把手伸向書架，拿出一整疊的相簿。

那幾本厚厚的相簿肯定塞滿了秋玻與春珂的過去——

擺在矮桌上的相簿封面上分別寫著這些標題。

・～幼稚園
・～小學
・～國中
・～高中

「只要看過這些相簿，就能明白我們的過去了——我們就一邊照順序看，一邊解釋說明吧。」

——我想了解妳們的過去。

幾天前，我向秋玻如此提議。

——我想幫忙搞清楚雙重人格的意義。為此，我希望妳能告訴我妳們兩個……妳過去遇到了什麼事情。

其實我一直以來對秋玻與春珂的過去幾乎一無所知。

只知道她家裡出了點狀況。

也知道是因為那件事才導致秋玻變成雙重人格者。

可是——我不知道實際上發生了什麼事。我甚至不知道她們過去住在哪裡，過著什麼樣的生活，以及她們是什麼樣的女生。

一方面是因為我不知道該不該過問這些……但其實是因為我在害怕。

那可是足以造成人格分裂的強大壓力。

原因肯定是我從未經歷過的不幸。

要是知道自己重視的秋玻經歷過那種事情——我毫無疑問會大受打擊。

這讓我……感到害怕。

即使如此，我現在依然想知道。

我想面對秋玻與春珂的過去，從中找出某些線索。

「——我們是在媽媽的故鄉，也就是北海道的宇田路市出生。」

「～幼稚園」。

秋玻翻開寫著這個標題的相簿。

第一頁——是一個嬰兒的照片。

也許是因為剛出生，那個嬰兒還沒睜開眼，不是被一位陌生的女性抱在懷裡，就是躺在嬰兒床睡覺——

「……秋玻，這是妳嗎？」

「嗯，總覺得有點難為情呢……」

說完，她動了動嘴脣。

「經妳這麼一說……我就覺得這個嬰兒果然跟現在的妳有點像。」

當然，我知道這可能是自己的錯覺。

因為照片上的嬰兒真的才剛出生，不管是那種不太高興的表情還是稀疏的金色頭髮，都跟現在的秋玻一點都不像。

可是——那對大眼睛和小巧的鼻子，還有纖細的下巴線條，都跟現在的秋玻有相似之處。

「真的嗎？在我眼裡只像隻小猴子……」

說完，秋玻笑著繼續翻頁。

「……奈良出身的爸爸和北海道出身的媽媽好像是在札幌認識的。後來爸爸就在北海道就職，跟從學生時代就開始交往的媽媽結婚。他們告訴我好幾次，說我是個發育良好的健康嬰兒，連護士都嚇了一跳……」

頁面上依然是秋玻嬰兒時期的照片。

有秋玻剛出院回家的照片，還有她在家裡的嬰兒圍欄裡玩耍的照片，以及坐在母親推的嬰兒車上的照片。

不知為何照片上都沒看到父親……啊啊，這說不定是因為攝影師就是這位出身於奈良的父親。

因為這些照片的畫質很棒，取景也很用心，我猜他應該是喜歡拍照的人。

又翻了一頁後，我開始看到秋玻穿著也許是幼稚園制服的罩衫的照片。

「我大概是從這時候開始懂事的……當時我每天都過得很開心，住在靠海靠山的小鎮上，跟家人的感情非常好，也希望這樣的日子能一直持續下去……」

有在能看見大海的坡道上跟母親牽著手走路的照片。

有她在水族館裡笑容滿面地看海獅表演的照片。

還有小狗跑來跟她玩耍，她卻害怕得大哭的照片——

這時候的秋玻已經有現在的樣子了，我能清楚看出她們是同一個人。

只是——

「哦……妳看起來很開朗活潑呢……」

照片上的秋玻看起來比現在頑皮。

孩。

當然，某些照片上的她也會露出現在這種憂鬱的表情，但整體上依然是個開朗的女

「那是因為我當時還很小……」

秋玻不知為何像要辯解般嘟起嘴。

「畢竟當時還沒發生那些事情，我也還什麼都不懂……可是……」

看完標題是「～幼稚園」的相簿後，秋玻闔上相簿。

接著——她把手擺在標題是「～小學」的相簿上。

「……這個時期發生了許多事。」

秋玻表情蒙上一層陰霾，輕輕呼了口氣。

——小學。

春珂說過「我是在七年前從秋玻心中誕生的」。

換句話說——在九歲到十歲之間，差不多是小學四年級的時候，秋玻遇到了重大變故。

這本相簿裡就收藏著當時的秋玻——還有春珂的照片。

「……那我們就來看看吧。」

也許是被我的緊張傳染，秋玻用有些僵硬的語氣這麼說，翻開了相簿。

我們最先看到的是——開學典禮當天的照片。

在建築風格沉穩的小學門口，秋玻與母親笑著站在寫有「○○年度開學典禮」的看板前面。

在那之後——我們又看到幾張跟幼稚園時期差不多的歡樂照片。

有學校舉辦運動會時，秋玻在野餐墊上吃便當的照片。

在夏日祭典穿著浴衣的照片。

還有疑似參加遠足活動，在山裡揹著背包的照片。

這些照片裡的她都天真無邪又可愛，因為之前一直提心吊膽，那種安詳和樂的氣氛讓我鬆了口氣。

然後——我看到一張有趣的照片。

「啊，這是……」

——那是她跌倒的照片。

也許是正在公園玩耍，秋玻在滑梯前面摔了一大跤。這張照片拍下了那一瞬間。

「……好過分，竟然留下這種照片。」

秋玻不滿地嘟起嘴。

「話說，根本沒必要用相機拍下這種瞬間吧……」

「啊哈哈，可是這張照片很有趣啊。」

我拿起相簿，仔細端詳那張照片。

「按下快門的時機抓得真好。哦～～……原來春珂早在這時就是個冒失鬼了……」

——秋玻有好幾秒都沒做出反應。

我納悶發生了什麼事，把視線移向秋玻。

「……矢野同學。」

她好像嚇到了，驚訝得雙眼圓睜看著我。

「……啊。」

然後用依然難以置信的口氣說：

「那時候——春珂還沒誕生喔。」

——的確，照片上的女孩顯然還是小學低年級的學生。

如果春珂是在小學中年級時誕生，這張照片上的人毫無疑問是秋玻才對——

我完全認錯人了——

「……抱、抱歉！」

我連忙道歉。

「我、我好像認錯人了……因為說到跌倒，我就會想到春珂，所以……」

「……啊！那個，我並沒有生氣！」

秋玻回過神來，一邊這麼說一邊搖頭。

「可是……原來如此。在你眼中，這張照片裡的人……像春珂啊……」

秋玻盯著照片，同時陷入沉思。

……到底怎麼了？

到底是什麼事讓秋玻感到在意……

就跟她本人說的一樣，她似乎沒有不高興或是不愉快。

那我的誤會到底讓秋玻想到了什麼……

「……抱歉，我們繼續看下去吧。」

秋玻清了清喉嚨，繼續翻頁。

問題確實是發生在這之後。

我想先親眼確認那件事情。

然後——

「……就是這裡。」

——就在翻到某一頁時，秋玻深深嘆了口氣。

「在這兩張照片之間……我家裡發生了許多事。」

她指著兩張照片這麼說。

照片上——存在著連我都能清楚看出的巨大變化。

首先，前面那張是發生變化前的照片。

那張照片跟之前沒有太大差別，就只是秋玻坐在家裡沙發上喝飲料的照片，那種怡然自得的表情也跟過去的她毫無分別。

可是——下一張照片……

「……中間隔了很長一段時間對吧？」

上頭是顯然比前一張照片成長了一些的秋玻。

我不曉得這種年紀的孩子成長速度有多快——但我能看出這張照片與前一張照片的時間不是只差一點。

「嗯，你猜對了……」

秋玻似乎想起過去，把手放在嘴邊點了點頭。

「我記得大概過了一年吧……因為在那段期間，家裡完全沒有拍照的閒情逸致……當時發生了許多事，就連春珂都誕生了，身體檢查與其他事情讓我們忙翻了……」

「這樣啊，差了一年啊……」

也就是說，照片上的秋玻是小學五年級。

既然時間隔這麼久，也難怪她的身體會成長那麼多。

更重要的是——

「……這完全就是妳了。」

地點應該是在北海道的機場。

佇立在機場裡的秋玻——有著一張聰明伶俐的臉，以及沉穩的表情。

少女站著的樣子給人一種有些虛幻卻又凜然的感覺——

我不可能認錯。我能清楚認出那個女孩就是現在在我眼前的秋玻。

我在她身上完全看不到之前那種天真無邪。

前一張照片和這張照片裡的她——明顯有著非常大的差別。

「……其實，當時一切都亂了套。」

秋玻像在朗讀故事裡的獨白，小聲如此說道。

「發生了意想不到的事情，讓我的生活徹底改變……過去覺得理所當然的事全都被顛覆了，原本快樂的生活也一口氣跌到谷底……就算這樣，我依然覺得自己必須想辦法忍耐過去……不，光是獨自忍耐是不行的，我還得變得有辦法扶持別人……」

秋玻繼續翻頁。

後面那兩頁也全都擺滿了秋玻的照片。

有秋玻疑似走在北海道路上的照片。

還有在醫院裡的照片。

此外——有幾張疑似在東京拍的照片。

看著那些照片，我注意到照片本身出現的變化。

首先，拍照的方式改變了。

雖然我是外行人，沒辦法解釋得很清楚，但使用閃光燈與對焦的方式都跟以前有很大的差異。說實話——就是給人一種比以前差勁的感覺。

或許……是拍照的人不同了。

此外——我還注意到一件事。

——那就是她的母親沒再出現了。

在此之前，疑似秋玻母親的女性每隔幾張照片就會出現一次。

但自從秋玻家裡發生變故，她就沒再出現在照片裡了——

「……發生什麼事了？」

我畏畏縮縮地問道。

「妳和家人當時……發生了什麼事？」

——腦海浮現幾種猜測。

發生在幸福家庭的不幸變故。

就算沒有完全猜中，應該也不會差太多。

即使如此——我的心臟依然狂跳不停。當時發生的悲劇或許會遠遠超出我的預期，讓人想摀住耳朵的痛苦經歷或許曾經發生在秋玻身上。

我做好覺悟——暗自盡可能準備好迎接衝擊。

可是——

「……」

秋玻不知為何突然垂下目光。

然後——沉默了好一段時間。

「……對不起。我本來想告訴你的，可是……」

她的語氣充滿自責。

用快要喘不過氣的聲音小聲地如此說道：

「……我現在還是……有些難以啟齒……」

——仔細一看，她的表情像在拚命忍耐著什麼。

那是被逼得走投無路，壓抑著某種快要爆發的情感的表情——

「……這樣啊。」

我盡量用溫柔的口氣如此說道。

「那就算了。不，該道歉的人是我，我不該勉強妳說出那些事情……」

「不，你別這麼說。那個……其實我不打算這樣的。」

秋玻輕輕揮了揮手，繼續說下去。

仔細一看，她的眼睛——依然充滿淚水，彷彿隨時都會落淚。

「當時的事情依然是一段痛苦的回憶……要是我隨便說出來，內心受到動搖……或許也會對我們之間的平衡產生影響……」

「……這樣啊，妳說的也有道理。」

經她這麼一說，好像確實是這樣沒錯。

在秋玻與春珂心中，當時的傷口應該還沒完全痊癒吧。

如果逼她說出那件事，很可能會破壞目前的穩定。

若是這樣——我絕不想逼她說出來。

只要能大致知道當時發生的事就夠了。

「真的很抱歉，讓妳想起不愉快的回憶……細節就不用說了，我只需要大概知道當時的情境就可以了。」

「……謝謝你。」

秋玻抬起頭，露出總算鬆了口氣的笑容。

然後用手指擦拭眼角。

「我總有一天會說的……我會把一切都告訴你，請你給我一點時間。」

「嗯，我知道了。」

「……呼……然後啊……」

秋玻大大地深呼吸，把視線移回相簿上。

「當時的我……學會隱藏弱小的自己。我想變堅強，也想試著接受一切——但還是到極限了。我覺得自己撐不下去，也活不下去……而春珂——就是在那時候誕生的。」

翻到下一頁——相簿上出現了嶄新的色彩。

——有她在醫院長椅上大哭的照片。

——抱住疑似醫生的成年女性撒嬌的照片。

——一臉幸福地吃著甜點的照片。

還有——在某棟建築物裡跌倒哭泣的照片。

照片裡的人——很明顯是春珂。

就跟別人可以很清楚地把這個時期的秋玻與現在的她連結在一起一樣，這些照片裡那個少根筋又有些樂天的女孩——不管怎麼看都是我認識的春珂。

「……呵呵呵……」

秋玻面帶微笑不斷翻頁。

「春珂她……真的不管怎麼看都是春珂呢……」

這些照片已經可以清楚看出她們兩人的差別。

一個是個性認真又把自己逼太緊——精神甚至比現在緊繃的秋玻；另一個是讓人很難想像與秋玻共用身體，個性自由奔放又天真無邪，毫不隱藏自己脆弱之處的春珂。

「……春珂替我做了所有我做不到的事情。」

秋玻一邊翻頁一邊繼續說下去：

「她代替我哭泣，向人撒嬌，大吵大鬧，也代替我向人求助……她把我的痛楚大聲告訴身邊的人，改變了我的處境……」

她繼續翻頁。

前面的照片散發出的緊繃氣氛逐漸減緩了。

「多虧她的努力，我的同伴變多了。願意幫助我與支持我的人開始聚集……到了國中畢業那時，問題才真正得到解決。不過，其實我不太常去學校就是了……」

秋玻拿起標題是「～國中」的相簿。

翻開的相簿裡面充滿了她們比之前成長一些的照片。

有她們穿著陌生的國中制服，在某個醫療機構裡拍下的照片。
有她們穿著病人服，跟疑似護士的人們談天說笑的照片。
還有——
「這、這個人是……」
看到這裡——我總算在相簿的角落發現疑似自己一直在找尋的人的身影。
「這個人就是……妳們的父親嗎？」
——山男，這是我對他的第一印象（註：山男是一種日本妖怪）。
那名男性身材高大，體格魁梧，就連長相都給人相當豪邁的印象——
捲起白袍袖子的手臂長滿了毛，剃短的頭髮有點像漁夫——總之這個人跟秋玻與春珂一點都不像。
可是——
「你們的感情好像很好。」
我看到滿臉笑容的春珂跟那名男子靠在一起——
不管怎麼看都不是跟外人相處時的表情，而是跟家人相處時才會露出的輕鬆表情。
「嗯，你猜對了……」
如我所料，秋玻露出苦笑點了點頭。

「被你看到這些照片，總覺得有點難為情呢……因為他對我們保護過頭了……」

繼續翻頁後，我們又看到幾張秋玻與春珂和父親一起拍的照片。

有這位父親搭著秋玻的肩膀豪邁大笑的照片。

也有這位父親穿著看起來很不搭調的西裝，在為了文化祭裝飾過的學校門口跟春珂站在一起的照片。

還有——這位父親在畢業典禮上，在胸前別著緞帶的秋玻身旁大哭的照片……

在這些照片之中，秋玻與春珂都露出有些傷腦筋——但又不是很排斥的笑容。

「……看來他應該是個好爸爸呢。」

我一直以為她們的父親是個纖細的人。

他應該是有文學氣質，個性溫柔又穩重，喜歡書本、音樂與電影的父親——

因為她們跟這些照片裡的母親長得不太像，我還以為她們長得比較像父親。

可是……想不到他居然是這種類型的人。

然而，我總覺得這種父親很適合她們。

畢竟春珂可以毫無防備地向這種人撒嬌，秋玻也能發自內心倚賴這種人——

「……嗯，是啊。」

實際上，秋玻也點頭表示贊同。

「他真的是個非常好的父親……多虧有他幫忙，我們的問題才能得到解決……」

秋玻最後拿起標題是「～高中」的相簿。

她翻開相簿，只有前面幾頁有放照片。

看來她們搬到東京以後拍的照片還沒整理好。

因此，相簿裡只有秋玻與春珂待在醫療機構的照片——以及她們準備搬家的照片。

之前住的房子被清空，最後全家人在門口拍照留念。

照片一共有兩張。一張是秋玻露出溫和笑容的照片，另一張則是春珂快要哭出來的照片。

換句話說，這是——她們在認識我之前拍的最後幾張照片。

這是開學典禮的早上，我們在教室碰面前不久的她們——

「——之後發生的事情，你也知道吧。」

秋玻闔上相簿，轉頭看了過來。

「我和春珂遇見你，墜入了情海。然後——現在成為你同樣重視的人……」

「……原來如此。」

——我完全搞懂她們的過去了。

我得以窺見她們過去身處的情景，以及當時的景象——首先單純感受到無限感慨。

對我來說，她們都是很重要的人。
可以認識幼年時期的她們令我非常開心。
然後——
「秋玻與春珂——」
我好像抓住某種線索了。
春珂在秋玻心中誕生的意義是什麼？
春珂對秋玻來說是什麼？
秋玻對春珂來說又是什麼？
看著過去的她們，我好像掌握到了某種線索——

*

我重新翻閱這些相簿。
「……欸，矢野同學。」
就在這時，秋玻用跟剛才完全不同的口氣叫我。
我驚訝地抬起頭——發現她帶著不知為何有些生氣，但也有些不安的表情看著我。

我完全失去思考能力。

「……怎、怎麼了？」

結果反問的時候不小心破音了。

「保險起見，我想確認一下……」

秋玻說出這樣的開場白後，沉默了一段時間才說：

「那個……你跟春珂做到什麼地步了？」

「……咦？」

「你不是同樣愛惜我和春珂嗎？所以……我猜你們肯定做了什麼，像是擁抱或親吻……說不定連更進一步的事情都做了。」

然後，秋玻露出偵探辦案般的表情緊盯著我的眼睛。

「如果要說得更具體一點……就是在上個星期，星期四放學後。」

——我差點就叫了出來。

星期四放學後——

就是我在春珂的要求下摸了她身體的那一天——

我心中有股莫名的罪惡感，感覺就跟做壞事被人抓到一樣尷尬。

我或許不需要有這種感覺，但也沒辦法露出一副理所當然的表情。

秋玻似乎也看穿我的表情變化了。

「……你們做到什麼地步了？」

秋玻露出充滿確信的眼神，向我繼續追問：

「應該沒有做到最後對吧？你們到底做了什麼……？」

「就……就只做到我們之前那個地步而已！」

我找藉口般如此回答。

「就是我們之前在這棟公寓的一樓做過的那種事……話說，為什麼妳會知道？」

「……那種事情我當然知道，畢竟我們共用同一具身體。」

……有、有這種事？

我不曾跟別人共用身體，所以也無從得知答案……

「你說做到跟我同樣的地步……那不就是……」

秋玻稍微低下頭，白色的臉頰轉眼間染成桃紅。

「……連、連胸部都摸了嗎……？」

「……就是這樣沒錯。」

「……好奸詐。」

「為什麼啊！不就只是我們也做過的事情嗎……？」

「可是！」

秋玻抬起頭——用非常拚命的表情這麼說：

「我們上次那麼做，已經是半年前的事了！而且當時還是我硬逼著你做的……」

……好像確實是這樣。

如果要拿當時那件事來比較，說我對她們兩個做過的事情都一樣，所以沒問題——

或許有些勉強吧。

可是，這麼一來……

「……摸我。」

秋玻恨恨地瞪著我，對我如此說道：

「我要你現在就摸我……」

她的臉頰完全變紅，強忍著羞恥這麼要求。

事情到了這種地步——我不動手也不行了吧。

我必須像對春珂做過的那樣，撫摸秋玻的胸部——

——心中充滿複雜的情感。

除了必須同等對待她們的使命感，還有單純想撫摸秋玻胸部的慾望。

即使身處在這種狀況——我依然對秋玻有著強烈的性慾。

我想撫摸她的胸部，確認那種柔軟的感觸。如果情況允許，我還想親眼拜見她的雙峰。

其實我還想欣賞她的裸體，做出比撫摸胸部更進一步的行為……就連其他難以啟齒的下流行為，我都想對她做，也想讓她對我做。

所以老實說——這種情況對我而言根本是求之不得。

我可以把責任推給別人，任性地滿足自己的慾望——

然而——

「……」

……這種心情是怎麼回事？

我無法單純享受這種情況。

我並不覺得幸福，也不感到開心。這……到底是為什麼？

……即使如此——

「……嗯。」

我也無法違抗局勢的走向。

面對秋玻的要求，事到如今我早已無法喊停——

我點頭同意後，秋玻既開心又害羞地笑了。

然後她在我身旁坐下，把身體轉過來，靜靜地低著頭。

看著這樣的她——

我緩緩朝她胸前的雙峰伸出手——

「——我回來了～」

——我聽到了聲音。

聲音是從玄關那邊傳來的。

那是年長女性的嗓音。接著又聽到關門的聲音——

——好像有人回來了。

「……妳、妳回來啦！」

秋玻的身體猛然一震，愣了一瞬間才喊出聲音。

「噢……秋玻妳在家啊？」

「是、是啊……！媽、媽媽，妳今天回來得真早呢！」

「嗯，因為笠原小姐說要幫我解決剩下的所有工作……」

……看來是她們的母親結束工作回家了。

我聽說她們的母親今天應該會很晚回來，看來是出現變數了。
不過，沒想到她偏偏在這時候回來……
然後……
「……哎呀，這是誰的鞋子？」
從玄關傳來她們的母親自言自語的聲音。
「秋玻，家裡有客人嗎……？」
秋玻一臉緊張地看向我。
看來她沒事先告訴家人我會來拜訪。
……既然這樣，那就沒辦法了。
反正我無處可逃也無處可躲，就只能盡量假裝自然地正面突破了——
「是的，不好意思打擾了！我叫矢野，是水瀨同學的同班同學！」
我反射性地挺直背脊，提高音量。
「現在就過去跟您打招呼……！」

*

「……哎呀，原來你就是矢野同學。」

我趕緊衝向客廳。

儘管身體因為緊張而變得僵硬，我還是努力完成問候——然後，好幾次出現在相簿裡的秋玻與春珂的母親就像面對寵物的飼主一樣笑了出來。

「我經常聽女兒提起你……真的很感謝你。聽說你對秋玻與春珂都很照顧……」

雖然跟秋玻與春珂長得不像，但她的五官細緻，給人一種高貴又溫和的感覺。言行舉止也非常柔和，總覺得就像女演員一樣。

看到這樣的人對自己深深一鞠躬，就讓我非常惶恐。

「不，請您千萬別這麼說……！」

我一邊回答一邊使勁搖頭。

「我才是經常承蒙她們照顧……」

……老實說，在看相簿的時候，我還以為是這個人出了意外。

因為她在後半段就沒出現在照片上……讓我以為她可能遭遇了不幸。

可是，實際見到她們兩人的母親後，我發現她雖一臉倦容，但身體似乎很健康，不太像是目前身患重病，也不像是曾經身患重病的人……這件事讓我感到不可思議。

雙方都在飯廳裡坐下後，我們聊起我的事以及秋玻和春珂在學校裡發生的事。

後來秋玻與春珂在中途對調了，當春珂醒來時，眼前的光景似乎讓她感到很意外。

「咦、咦咦咦咦咦！這到底是什麼情況……？」

春珂大吃一驚。

「難不成我在作夢嗎……？咦，這裡是現實嗎……？」

在聊天的過程中，我發現了幾件事情。

比如說，關於我們之間的關係，秋玻與春珂似乎沒有對母親說太多，只說我是她們最要好的同學。

……不過，早在知道最要好的同學是男生時，她們的母親似乎就察覺到異狀了。

然後——

「這樣啊，看來春珂和秋玻已經交到許多朋友了……真是太好了。」

「媽，妳不要再說了啦～～……」

直到人格即將重新對調成秋玻為止，我們整整聊了將近三十分鐘。

春珂整個人癱在桌上這麼說：

「妳這樣追問我在學校的事，我會很難為情啦～～我們可以回房間了嗎？」

「稍微問幾個問題又不會少塊肉。我一直想找機會跟矢野同學聊聊……」

接著，她們的母親看向我，一臉幸福地瞇起眼睛。

「……你真的是個好男生呢。這樣我就放心了……」

——她對我說出這句話。

那種由衷感到放心的口氣——讓我突然有股罪惡感。

從剛才聊天的時候開始……不，其實早在我們剛碰面的時候，我就有這種感覺了。

每當她稱讚我或是感謝我，我心中都會有種欺騙別人的愧疚感。

「不不，您過獎了，我並沒有那麼了不起……」

原因肯定出在……我現在跟秋玻與春珂的關係上。

我把她們兩人都當成女友一樣對待。

我不但擁抱她們，還跟她們接吻，甚至撫摸她們的身體。

這真的是有必要的行為。如果我不那麼做，春珂遲早會消失不見。

即使如此，當我實際在這種狀態下遇到她們的母親……甚至還被她誇獎，我就莫名覺得自己很卑鄙，感覺像在說謊一樣——

＊

「——矢野同學，歡迎你再來我們家玩。」

當天離開的時候，她們的母親還送我到玄關。

「下次我還想介紹她們的父親給你認識……而且我還會準備茶和點心——」

「——我不是說過了～～！不要再說了啦～～！」

春珂難得動怒，拉著母親的手臂大喊。

「要是連爸都出現，矢野同學會緊張啦！跟父母見面感覺就怪怪的……妳不要管我們了啦～～！」

「有什麼關係？妳爸也說過想找機會跟他聊聊啊！」

「可是，要是實際見到那種壯漢，矢野同學會很有壓力吧～～！」

而我只能一邊「哈哈哈……」地苦笑，一邊看著她們爭執。

「……總之……」

跟春珂吵完以後，她們的母親再次轉過頭來。

然後——

「真的很謝謝你，謝謝你願意珍惜『小可』——」

……小可？

突然聽到這個名字，讓我一時反應不過來。

然後——下一瞬間。

母親似乎也發現自己說錯話，慌張地睜大眼睛，張開嘴巴想解釋——

「真是的，我們現在是春珂與秋玻啦～～……」

——在她開口之前，春珂就先叫了出來。

「妳又用以前的名字叫我了～媽，妳是那種個性迷糊的人嗎～～？」

她的語氣聽起來像是傻眼，也像有些憤慨，又像是跟之前沒有兩樣。

可是，我能明顯感受到……那種輕鬆的態度是春珂試圖打圓場的表現。

「說、說得也是……真是抱歉。」

春珂的反應似乎讓母親鬆了口氣，用因為自己失言而感到沮喪的口氣這麼說：

「以前叫習慣了，實在有些改不掉……」

「我是沒差啦。可是，要是妳在矢野同學面前耍笨，我也會很丟臉啊～～」

……原來如此，我總算理解了。

嗯，剛才的「小可」這個暱稱——就是源自秋玻與春珂誕生以前，她們在戶籍上的本名的暱稱——

*

「——是嗎？矢野同學，你也要去町田出版社參觀對吧？我明白了。」

一個星期過去了，今天是星期一。

在放學後的教職員辦公室，從我手中接過職場體驗活動調查表後，千代田老師露出苦笑。

「沒想到自己的學生居然會跑去丈夫的職場參觀，感覺真是不可思議……」

「春珂已經揚言要向野野村先生打聽你們交往的經過了。」

「拜託你們千萬不要～～！矢野同學，要是她打算亂來，你一定要把話題拉回正軌。那個人說不定會不小心說出不該說的話……」

「哈哈哈，我明白了……」

也許是出去參加社團活動或處理其他事情，教職員辦公室裡幾乎沒有老師。

當我在這種情況下跟千代田老師說話時，比起老師與學生這樣的關係，感覺更像是在跟有著同樣感性的同伴或比我年長的同類獨處。

所以……我突然有種想法。

關於最近一直懸在自己心中的問題，我想知道千代田老師有何感想。

身為一位老師，身為一個人，她會如何面對我的想法？

我相信如果是她，肯定會給我一個正面的答案。

「……老師。」

「嗯？」

也許是發現我的語氣不對勁，老師放下調查表，抬頭仰望我。

為了選擇適當的說法，我猶豫了一下。

「老師……妳談過不正直的戀愛嗎？」

「……嗯，你說的不正直是什麼意思？」

「比如說……同時喜歡上兩個人。」

說完，我有點後悔說得太過明白。

老師是個觀察力很強的人，光是聽到我這句話，說不定就能看穿很多事情。

可是……老師沒有取笑我，也沒有跟我開玩笑。

「……應該沒有吧。」

她一臉認真地如此回答。

「因為我從高中時代就喜歡現在的丈夫。雖然我們曾經分手，也曾經有其他男人向我告白，但我的心意從未改變。正不正直這點可以有很多種看法……但以世俗的標準來說，我應該算是談了一場很認真的戀愛吧。」

「……原來如此。」

我輕輕嘆了口氣。

「從高中時代就開始……是嗎？」

「啊哈哈，很多人都覺得驚訝呢。竟然能跟初戀的對象結婚，感覺就像少女漫畫的情節。我確實也覺得自己非常幸運。」

聽著老師這段太過純潔的戀愛經歷……我不知為何有種彷彿被人責備的感覺。

──壓倒性的正義就在我眼前。

可是，面對這樣的正義，我卻無法加以效仿……

就在這時──我終於發現了。

發現自己沒有整理好心中的想法。

為了跟秋玻與春珂在一起，我就必須同樣珍惜她們兩人。

決定這麼做的人是我自己，我還以為自己可以接受這件事。

即使如此……在我內心深處的某個地方一直對此有種罪惡感。

而且──我還同時感受到了「無法決定自己心意」的煎熬……

「……不過……」

就在這時，老師突然放鬆表情。

「我只是因為自己想這麼做，才會這樣談戀愛。人活在這個世界上，還是會有很多機會見識到算不上正直的戀情。可是，我覺得也不能輕易斷言那種戀情不該發生。」

「……那麼，要是妳丈夫同時喜歡上別人，妳也無所謂嗎？」

「不，我絕不容許那種事發生。我會使出各種手段，讓他得到不能告訴你的淒慘下場。」

「呃……」

雖然她嘴巴在笑，眼中卻毫無笑意。

真是可怕……

我還是得注意一下，千萬不能惹火這個人……

「……可是，妳這樣不是很矛盾嗎？明明無法斷言不正直的戀愛不好，卻又不能原諒自己的丈夫那麼做。」

「問題在於彼此的心意。我們已經約好要珍惜彼此，不能有別人。雖然這幾乎只是一種默契就是了。所以我們必須遵守這個約定，要是他打破約定，我當然會生氣。」

……約定。

或許真的是這樣。

不管結婚還是交往，到頭來或許只是一個雙方必須互相珍惜，不能有別人的約定。

「可是……曾經有人這麼說過，人們擁有跟任何人上床的『自由』，能夠阻礙這種自由的不是下落不明的神，也不是名為正常的惰性。只不過，只有嫉妒心令人畏懼這件事，我們的見解是一致的。」

……我對這段話有點印象。

我記得好像是……

「……是寺山修司嗎？就是《拋掉書本上街去》的導演。」

「厲害喔～～！矢野同學，你真的很懂！」

千代田老師興奮不已地這麼說。

每當跟我聊起這種話題，千代田老師總會莫名開心。

「……我覺得把這段話背起來的老師比較厲害。」

「那是因為我很喜歡這段話，而且我對記憶力很有自信。我也很喜歡後面那段話。

『因為所謂的道德，不過是當權者為了維持秩序與自保而創造出來的東西，如今已是眾所周知的事情』。」

「……以一位教師引用的名言來說，這種思想難道不會太無法無天嗎？」

「可是，事實不就是這樣嗎？」

千代田老師微微一笑，歪著頭這麼說：

「雖然大家都說同時跟許多人有肉體關係並不道德，但道德又是什麼？不去做對方討厭的事情嗎？的確，要是丈夫出軌，我會非常不高興，心裡一定會嫉妒到不行。因為結婚就是雙方都不能出軌的約定，要是他違背了讓我賭上人生的約定，我當然有可能奪走一兩條人命。」

「妳不要用那麼可怕的說法啦……」

難道就不能說要狠狠敲他一大筆賠償金，或是逼他跟對方分手嗎……

面對嚇破膽的我，千代田老師繼續說下去：

「可是，世界上不是也有那種不會嫉妒，或是就算會嫉妒也願意被劈腿的人嗎？如果本人能夠接受，那就沒問題了吧？當然，如果是用洗腦之類的手段奪走別人的判斷能力，那絕對是不行的。但如果不是那樣，就沒有理由阻止那種事情。認識命中注定的對象，跟對方墜入愛河結婚生子……覺得這種流程才合乎理想的思想就叫作浪漫愛的意識形態，雖然我不小心走過了澈底體現這種思想的人生就是了……但那種思想也不過是在歷史中誕生的產物，並不是什麼絕對的正義。」

「……原來如此。」

的確……我可以理解這個道理。

就跟老師說的一樣，現有的「理想的戀愛之道」並非絕對，只要雙方都同意，不管是哪種形式的戀愛或許都是可行的。

即使如此……我的心情依然陰暗。

「可是……我總覺得這樣不太好。要是過著那種生活，就會覺得自己變得越來越沒用……覺得自己墮落了。」

「……墮落！」

千代田老師不知為何一臉開心地複誦這個詞彙。

「不錯啊！那你就墮落吧！墮落的時候，就讓自己澈底墮落吧！因為在墮落的盡頭找到的生存之道……肯定就是那個人真正的生存之道！」

……這種想法我好像也有印象。

答案毫無疑問就是——

「這是坂口安吾的《墮落論》對吧？」

「你果然很懂呢。呵呵呵……」

千代田老師似乎由衷感到開心。

她身邊是不是沒幾個談得來的人啊……？

「可是，我是真心覺得這種想法沒錯。雖然試著接受別人灌輸的道德觀也很重要，但你的個性太認真了……當你覺得那種道德觀不適合自己的時候，我覺得你可以試著擺脫看看。」

「……這樣啊。」

她的這番話讓我陷入沉思。

就算她要我試著擺脫看看，我的價值觀早已深植在心裡，根本無法輕易擺脫。

即使如此……千代田老師的這番話還是打動了我。比起跟她商量以前，我能感覺到心情似乎變輕鬆了。

「……我明白了，謝謝妳的建議。幸好有找妳商量，因為我沒有其他可以說這些事的人……」

「真的嗎？那就好。如果是這種話題，我可以一直聊下去，歡迎你隨時過來找我商量。」

「好的，真的很感謝妳……」

「……話說回來……」

就在這時，千代田老師探頭看向我的臉。

「矢野同學，你真的很喜歡書呢……」

然後她再次拿起擺在桌上的職場體驗活動調查表，用像在許願的口氣這麼說：

「……希望你在這間公司……在町田出版社得到的經驗能對你的將來有幫助……」

第二十六章
Chapter.26

【偵探助手】

「——看起來意外地普通……」

「感覺就是那種隨處可見的建築物……」

——為了參加職場體驗活動，我們來到町田出版社公司大樓的門口。

我和秋玻站在常來的柊同學與細野旁邊，抬頭仰望這棟大樓。

這棟老舊的樸素大樓應該有……七層樓高吧。

外面掛著寫有「町田出版」的招牌，卻完全找不到宣傳書籍的廣告布幕，或是知名角色的迎賓立牌之類的東西……

「我還以為出版社這種地方在建築物外觀上會有更明顯的特徵。」

「畢竟這家出版社只是中堅公司……」

我身旁的柊同學面帶苦笑如此回答。

「如果是大公司，好像也會有那種東西，但町田出版就不是那樣了。雖然這裡也有出版漫畫和輕小說，主力還是較為內斂的文學作品，也許這是為了展現出版社本身的風格吧……」

「噢，原來如此……」

點頭表示贊同的同時，我發現自己心中的緊張稍微緩解了。

我一直以為出版業是無法觸及的世界。

那個世界有許多高學歷且能力出眾的編輯，以及才華洋溢的作家，聚集在閃閃發亮的大樓裡，不斷創造出暢銷書……我還以為是這個樣子。

可是，眼前這棟大樓給人的感覺反倒跟我們就讀的宮前高中差不多。

有許多我喜歡的作品都是在這個地方誕生的——

想到這裡，就讓我對小說這種東西又增添了幾分親近感。

「好，那我們出發吧。」

柊同學這麼說完，朝向門口大廳邁出腳步。

我稍微深呼吸後也跟隨她的背影，畏畏縮縮地開始前進。

——告訴櫃檯接待人員我們是宮前高中的學生後，我們表示希望前往文藝部所在的五樓。

柊同學和細野很自然地接過入館證，走向電梯。

「……細野，我知道柊同學常來這裡，但你是不是也很常來？」

「噢……是啊。」

被我這麼一問，站在電梯角落的細野臉色就變得不太好看。

「就是那個……因為這裡也有出版以我為主角的小說。當時我經常被叫來這裡，還被問過不少事情……」

「啊～～是那時候的事啊……」

「他被訪問的次數說不定比我還要多呢……」

他身旁的柊同學一臉愧疚地笑了。

「因為我姊姊可以在家裡找我聊天，我們又是姊妹，大致理解對方的想法。但細野同學是她幾乎沒見過的男生，為了掌握他的情感……我姊姊好像也費了不少工夫。」

「這樣啊……原來要完成一本書，需要付出這麼多努力……」

正當我對這種理所當然的事感慨時，電梯抵達我們要前往的五樓。

我們走出電梯廳，來到編輯部門口，用擺在門口的內線電話聯絡接待人員。

就在這時，緊張感再次湧上心頭。

對方到底是個什麼樣的人……？

總覺得出現在小說或漫畫裡的編輯通常都很有個性。

我只希望對方不要是可怕的人……

當我想著這些，坐立不安地等待對方出現時——一名男子從編輯部裡面走了過來。

「——哎呀，大家好，歡迎你們來到町田出版文藝部。」

仔細一看——眼前這個人是一位打扮得很休閒的男子。

他有點高，有著一張沉穩又有點疲倦的臉，還掛著讓人覺得很和善的溫柔笑容——

他站在我們四個人前面，從口袋裡拿出名片。

「我是今天負責帶各位參觀，隸屬於文藝部的野野村九十九。請大家多多指教。」

他一邊自我介紹——一邊把名片遞給我。

仔細一看，名片上確實是這麼寫的。

町田出版股份有限公司
文藝部　一般文藝課
野野村　九十九

——原來……

這個人就是野野村先生——

他就是柊TOKORO的責編，也是千代田老師的丈夫。

也是我頭一次接觸到的職業編輯——

「您、您好！謝謝您的名片！我叫矢野四季！」

我趕緊按照事先調查過的規矩接下名片。

「我一直很喜歡町田出版社的書！今天可以過來參觀，我真的非常開心……」

「你是說真的嗎？那還真教人高興呢。你就慢慢參觀創作書本的過程吧。」

「我會的……！」

我點了點頭，再次看向手裡那張小卡片。

……唔哇啊，這好像是我頭一次拿到名片，而且還是出版業相關人士的名片……

這讓我覺得手裡的名片就像寶物一樣，小心翼翼地放進制服胸前的口袋。

野野村先生又接著把名片交給秋玻，簡單地問候了一下。

「時子和細野同學上次已經拿過名片了吧？」

「對。」「我們已經拿過了。」

「那就好。總覺得好久不見了呢，大概有一兩個月沒見面了吧……」

「是啊，我們上次見面好像是尾牙的時候……」

——我聽著他們的對話。

聽著他們自然的對話——這才有種真實感。

原來如此……就是這個人。

這個男人就是千代田老師的丈夫啊……

雖然千代田老師現在感覺是個沉穩的大人，但有時也會表現出有些極端的一面。她在文化祭的廣播節目就是一個例子，曾經扮演過「失戀偵探」，還有她對我跟秋玻與春珂的關係莫名敏銳這件事也是。

我一直無法想像她的丈夫會是什麼樣的人……但實際見到野野村先生後，我總算理解了。

原來千代田老師——就得配這種看起來很有包容力的人。

「——好，那事不宜遲。」

大致打過招呼後，野野村先生重新看向我們。

「我帶你們去編輯部裡面吧。大家請跟我來——」

「——這裡就是編輯部的辦公區。」

「喔、喔喔……」

在他的帶領下來到這個房間後——我忍不住讚嘆。

在此之前，我沒什麼自己來到出版社的真實感。

不管是大樓的外觀、櫃檯與電梯，全都跟普通的辦公大樓差不多。

可是——

「不好意思，這裡有點髒亂……唉～我明明告訴大家有學生要來參觀，叫他們整理一下了……」

眼前——有許多排列整齊的桌子，但桌上都堆滿了文件。

還有一群像是被埋在文件堆裡，面對著電腦工作，穿著休閒的大人——

——就跟我想像中的一樣。

我想像中的編輯部就在這裡。

而且牆上還貼著影劇化作品的海報，附近的書架上也理所當然地擺滿町田出版社發行的書籍——

此外——

「——這裡就是我的辦公桌。」

我們被帶到野野村先生的辦公桌。

這裡跟其他桌子一樣胡亂堆滿了文件——但桌子中央似乎處於工作狀態，只擺著一疊列印出來的原稿跟紅筆。

第一張原稿上還寫著暫定的書名跟作者的名字——

「……啊，你在看這個？」

也許是注意到我的視線，野野村先生笑著這麼說：

「這是時子的姊姊——柊TOKORO老師的新作原稿。我剛才正在改稿——」

「喔、喔喔喔……」

新作……原稿……

也就是說，那是還沒問世的作品原稿。

而那東西現在就在我眼前……

「你們看，像這樣。」

野野村先生邊說邊翻頁給我們看。

「我們編輯就是像這樣檢查收到的原稿，用紅筆寫上問題與改稿的建議。別看TOKORO老師那樣，其實她相當喜歡別人給意見，所以我寫了很多。有些老師的原稿不會有這麼多紅字，如果不是文學作品而是輕小說，好像會有比這還要多的紅字……」

——老實說，我覺得這很像在改考卷。

都是在列印出來的紙上用紅筆不斷寫上註解。

當然，因為作品跟答案卷是不一樣的東西，加上的註解也有截然不同的意義。

可是……該怎麼說呢，我有種之前一直覺得非常遙遠的「修稿工作」其實絕非離自己很遙遠，我們應該也能辦到的感覺。

「尤其是這次的稿子……有可能得做出有點大的修改，我想寫仔細一點……」

說完，野野村先生像是剛替爛考卷打完分數的老師，露出有些不安的笑容。

「希望改稿可以順利完成……」

這麼一想——我就覺得這個編輯部有點像教職員辦公室。

不管是那種雜亂的感覺，還是跟這個資訊化社會格格不入，到處都堆滿文件這點，都非常相似。

「我還跟TOKORO老師稍微聊了下一本新作的事，是在通訊軟體上聊的。你們看，其實她說下一部作品想挑戰看看奇幻戰鬥類的故事……啊，我已經得到她的許可，你們可以過來看看。」

「……那、那我就不客氣了……」

經他這麼一說，我把對話的內容大致看過一遍。

對話紀錄——

顯示出他們兩人談論新作的對話，語氣就跟我們平時用Line傳訊息一樣輕鬆。

看來TOKORO老師的新作似乎是「以大正時代為舞台的魔法少女故事」。聽說她是在位於西荻的家裡找到古書，才得到了靈感。而野野村先生給了她「那我們這次或許可以把新作當成輕小說推出」這樣的建議……

『我們可以替書加上美麗的插圖，包裝成一本年輕人也會看的書——』

「唔喔喔……」

看到這樣的對話——讓我有種莫名的感慨。

這就是故事誕生的瞬間——

我讀過的小說就是這樣誕生的——

我親眼見到了故事誕生的光景。

實際看到現實中的出版社，我發現這裡比想像中容易親近——有種原本以為遙不可及的出版業突然離自己很近的感覺。

——在那之後，我們又被帶去參觀美編以及總編的辦公桌。

「好啦，那麼——接下來就是發問時間了。」

野野村先生轉過頭來如此說道：

「我已經預約好會議室，我們去那裡談吧。除了機密事項，不管是什麼問題，我都能回答——如果有什麼想問的，就儘管問吧！」

＊

——我們被帶到編輯部隔壁的會議室。

這裡是可以容納十個人左右的寬廣空間。野野村先生坐在大桌子的一邊，我們四個學生則坐在另一邊。

當讀大學的工讀生把茶水端來時，野野村先生開口了。

「……各位，我已經帶你們參觀過真正的編輯部了，如果可以得到本人的同意，接著我想讓你們參觀一下我跟作家開會的情況——」

——跟作家開會的情況？

真的可以讓我們參觀這種大事嗎！

這個意想不到的禮遇讓我不由得挺直背脊。

「啊，你們別太期待喔……其實我原本只是要開個簡單的會議給你們看看，不過要討論的事情好像有點多……所以作家那邊也可能會拒絕。」

「沒……沒問題！如果您願意讓我們參觀……」

我獨自興奮地如此回答野野村先生。

能夠得到這麼熱情的款待，原本就已經有些出乎我的意料了。選擇來這裡參加職場體驗活動真是太好了……

「好，那在這位作家……TOKORO老師來到這裡以前，我想先讓各位發問，不知道你們意下如何？只要不是機密事項，我什麼問題都能回答……像是出版社的工作內容，或是進出版社工作的管道之類，有人想發問嗎？」

「……啊，我有。那就我先來吧。」

率先發問的人是柊同學。

「野野村先生，我們以前也聊過許多事情，但我好像還沒問過你來町田出版上班的經過和理由……請問你是懷著什麼樣的想法才選擇進這間公司？」

「我進町田出版工作的經過啊……」

野野村先生交叉雙臂，整個人靠在椅背上。

「因為我從高中時代就喜歡看書，尤其是推理小說。這點應該跟今天來到這裡的各位差不多。不過，我並不打算進出版業工作，也不覺得自己有那種能力。可是……有一天，我的學妹對我說：『學長，我覺得你將來會在出版社工作。』這讓我開始有了這種想法……大學進行求職活動時就接受了好幾間出版社的面試……」

「那、那位學妹……！」

——人格似乎在不知不覺間轉換了。

春珂露出閃閃發亮的眼神，對野野村先生說的話表現出濃厚的興趣。

「該、該不會就是……千代田老師吧！」

……春珂，妳居然馬上就問這種問題。

我還以為她只是嘴上說說，實際上會有所顧慮，但看來她是認真想打聽野野村先生他們的愛情故事。

「……妳真敏銳。」

野野村先生因為春珂的猜測而感到驚訝後，難為情地搔搔頭。

「妳猜得沒錯……那一天，百瀨突然說出那種話，才會讓我有了那種想法……」

……百瀨啊。看來野野村先生是這麼稱呼千代田老師的。

他們兩人是夫妻，這也是理所當然，但我總覺得不太習慣，聽起來有些難為情。

「你、你們兩位當時已經在交往了嗎！」

「咦、呃……這個我也不太確定。我猜應該是還沒吧……」

「那你們後來又是怎麼在一起的——」

「——不好意思！」

這個問題實在太深入了……！

我趕緊發問，藉此轉移話題。

「請問您在高中和大學時代曾經為了進出版社工作，實際學過什麼樣的東西嗎？像是參加編輯講座，或是經營評論文學的部落格……」

「不，我沒做過那些事……」

野野村先生用手扶著下巴，露出陷入沉思的表情。

「雖然我有努力念書，讓自己考上比較好的大學，還選擇就讀文學系……但我並非打從一開始就立志成為編輯。」

「那您在大學時代也不是專門學習文學創作，而是廣泛地學習文學相關知識嗎？」

「對，我的專長是日本文學，但基本上算是各方面都有涉獵。雖然腦袋有成為編輯的想法，不過應該算是個非常普通的大學生——」

「——請問您在大學也是跟千代田老師就讀同樣的學系，參加同一個社團嗎！」

——春珂毫不氣餒，再次切換話題。

「當時的千代田老師是怎麼樣的人！她跟現在一樣，是個成熟穩重的大姊姊嗎！」

「呃，這個問題好像跟志願完全無關……」

野野村先生忍不住苦笑。

可是，他似乎不打算拒絕回答。

「百瀨她……哎呀，當時完全不像現在這樣成熟穩重，是個有點奇怪的傢伙，不但難以親近，個性又很難搞……我才會擔心她，覺得自己不陪著她不行吧。」

「原來如此！那您就是因為對她放不下心，最後才跟她變成男女朋友是嗎！」

「……嗯，應該算是吧……」

「我聽說你們經歷分分合合，請問理由是什麼呢！難不成是有人出軌……！」

「不不不，並不是因為那樣……純粹只是因為談遠距離戀愛的時期太長，讓百瀨對此感到不安，她還曾為了這件事耍脾氣……」

「那請問是什麼樣的契機，讓您決定跟千代田老師結婚——」

「——等、等一下！」

聽到這個問題——野野村先生總算叫了出來。

仔細一看……他的臉頰變得有點紅。

「那個……關於百瀨的問題可以到此為止嗎……我也開始……有點難為情了……」

「咦～～！」

春珂不滿地嘟起嘴。

「那我最後再問一個問題就好……！」

「……什麼問題？」

野野村先生露出無奈的表情，春珂皺起眉頭想了一下到底該問什麼問題。

然後她露出靈光一現的表情，向野野村先生如此問道：

「……請問您求婚的時候，對她說了什麼！」

——野野村先生已經連聲音都發不出來，靜靜趴倒在桌上。

＊

——總覺得我稍微看到自己的未來了。

我一直深愛著的那些故事，還有誕生出那些故事的出版業。

我還以為這一切都離自己非常遙遠。

以為這個業界與我無緣，當然也不可能觸及……所以完全沒想過在這種地方工作。

可是，這次得以一探究竟的町田出版是個非常平易近人的職場。

而在這裡工作的野野村先生也是個連春珂的問題都招架不住的和善大哥哥——

這讓我多了一個可能的選項。

我開始把出版業當成或許可以考慮的志願了。

所以——

「——哎呀，野野村，讓你久等了。」

——發問時間才剛結束，那名女性就來到了會議室。

她就是有著一頭黑髮，穿著黑色連身裙與黑色淺口跟鞋，全身上下都是黑色的作家——柊TOKORO。

難得有機會參觀她和野野村先生開會的情況——讓我充滿幹勁，想盡量多吸收一點東西。

不，不能只是吸收。

說不定……我還能提出自己的意見。

身為一個讀者，我或許能想到TOKORO老師和野野村先生沒想到的點子，得到他們的重視——

——因為對只有自己沒有將來的展望這件事感到焦急，我開始覺得這可能是個大好機會。

「晚安啊，時子，細野同學，好久沒在這裡跟你們見面了。還有……」

說完——柊TOKORO看向這裡。

她的眼神高深莫測，讓我不知為何有點害怕。

「矢野同學也好久不見了呢，我記得上次見面好像是放暑假的時候。然後，這個女生就是傳說中的水瀨同學對吧？」

「您……您好，好久不見……！」

「是的，很高興認識您！我就是水瀨……」

沒錯……我曾經跟柊TOKORO見過一次面。

我記得那是放暑假的時候，大家聚在柊同學家裡寫作業時發生的事情。面對個性難以捉摸又有些輕浮的她，我當時也感到相當困惑。順帶一提，因為秋玻與春珂當時在地方醫院住院檢查，這次是她們初次見面。

「……我還是頭一次在這麼多人面前討論作品。」

她一臉害羞地這麼說，在野野村先生對面坐下。

「不過……工作就是工作。野野村先生，麻煩你跟平時一樣開始討論吧。」

「好的，可是這樣沒問題嗎？妳真的要讓他們參觀？」

也許是要做最後確認，野野村先生用認真的口氣這麼問。

「這次有一些需要討論很久的更動，讓宮前高中的各位同學在旁邊看，妳真的不介意嗎？」

「當然沒問題。」

TOKORO老師露出從容的笑容點了點頭。

「不管是好的還是壞的地方，都讓他們見識一下，肯定會對他們有幫助不是嗎？時子，妳就好好看著姊姊帥氣的模樣吧。」

說完，TOKORO老師對著柊同學輕輕眨了眼。

野野村先生對此露出苦笑。

「那我們就照常開會討論吧。請多多指教。」

「嗯，麻煩你了。」

──簡短問候幾句後，他們就開始討論了。

這次要討論的作品是剛才擺在野野村先生桌上的柊TOKORO新作。

仔細一看，那好像是去年年中出版的作品《十六進位法之花》的續集。

那是描寫一個沉迷於網路世界的女孩，與討厭那種東西的女孩之間不可思議的友情的故事，內容似乎是直接延續前作的結尾。

在等待TOKORO老師的時候，我已經大致看過發到手邊的原稿影本，搞清楚作品的內容了。因為我早就看過前作，很快就看出角色關係的變化與故事的情節。

如果是這樣……我說不定也能提出一些意見。

「——首先，我已經看完這份初稿了。」

正當我摩拳擦掌時，野野村先生一邊翻頁一邊用隨性的語氣開始說明。

「我覺得故事大綱基本上沒問題，角色的行動與主題之間的聯繫應該也沒問題。」

「嗯……可是稿子上的紅字倒是有點多。」

快速翻了幾頁後，TOKORO老師皺起眉頭。

「主要都是些需要提醒的小地方，麻煩妳一個一個看過後自行判斷，如果覺得不用更改，要維持原狀也無所謂。畢竟那些都只是建議罷了。」

「……是嗎？」

柊TOKORO嘟起嘴，露出有些不滿的表情。

「就算你這麼說，看到這麼多紅字，我還是有些不安。看起來就好像我寫得不是很好……」

「可是TOKORO老師，如果我沒有提出建議，妳反倒會覺得不安不是嗎？」

「……連這種事情都被你看穿，真讓人不開心。」

——儘管嘴上這麼說，TOKORO老師的表情看起來卻有些開心。

看來是被野野村先生說中了。

原來如此……因為他們已經搭檔很久，在這方面也很有默契。

「不過，你不是說有需要討論的修稿建議嗎？是哪個地方要改？」

「確實是這樣。那麼，這只是我的建議……」

說完，野野村先生輕輕嘆了口氣——

「關於這個角色——就是這次的新角色留美子……」

「嗯，她是這次的關鍵角色。她怎麼了嗎？」

面對這個問題，野野村先生用非常平淡的語氣繼續說下去。

沒有停頓也沒有猶豫，平靜地說出這句話——

「——可以請她退場嗎？」

「……退場？」

柊TOKORO複誦了這個詞彙。

然後用試探的語氣這麼問——

「——換句話說……就是要我直接刪掉這個角色的意思嗎？」

「就是這麼回事。」

——沉默籠罩了會議室。

這種沉重的感覺讓人連一根指頭都動不了，也無法呼吸。

就連我們這些外人都能清楚感受到現場氣氛有多麼凝重。

經過一段讓人快要窒息的時間後——

「…………原來如此。」

——柊TOKORO簡短地如此回答。

「要我把留美子……完全刪掉是嗎？這個改動比我想的還要大。」

她的口氣相當平靜。

可是……那種暴風雨前的寧靜，反倒讓我清楚感受到柊TOKORO心中的情緒有多麼激動。

而我自己——也對野野村先生的建議感到懷疑。

就跟TOKORO老師說的一樣，留美子似乎是這次的關鍵角色。

她是在跟兩位主角扯上關係的同時，輕快地推動兩人關係的重要角色。

她是個讓人讀起來非常愉快的角色，但野野村先生居然說要刪掉——這我完全無法理解。

我覺得這會讓故事變得不一樣，甚至連故事還能否成立都不知道。

「……怎麼樣？我們需要改天再來討論嗎？」

野野村先生用發自內心感到擔憂的語氣這麼問：

「先等妳冷靜下來可以好好討論以後，我們再來談這個部分，今天就只討論其他改動好嗎？」

因為這次要改動的內容太嚴重，他還是得顧慮TOKORO老師的心情。

即使如此——

「……不用，直接討論吧！」

TOKORO老師逞強地說出這句話，定睛瞪著原稿。

「我要讓他們見識一下，作家的意見有時候也是會被採用的！所以野野村……可以先告訴我你要這樣修改的目的嗎？」

「……我明白了。」

野野村先生臉上依然掛著感到抗拒的表情，但還是點了點頭。

然後他用非常冷靜的語氣開始說明：

「首先有個重要前提，這個故事的主軸應該是阿佐和多子之間的關係吧？不是她們兩人在角色群中的變化，而是純粹一對一的關係才對。這是妳撰寫前作時，我們打從一開始就有共識的想法不是嗎？」

「……嗯，確實是這樣沒錯。」

「而這次為了把她們兩人的關係推到全新的舞台，妳才會把留美子這個新角色擺在故事外圍，創造出上一集沒有的化學變化。」

「就是這樣。」

柊TOKORO簡短有力地點了頭。

「因為有必要存在，我才會寫出這個角色。如果這個故事沒有她也能成立，我早在寫大綱時就刪掉她了。」

「妳說得很對，我之前也是這麼想的——直到看過這份原稿。」

說完，野野村先生拿起原稿。

然後——

他露出比在場任何人，甚至比作者本人有自信的表情。

「但我現在——是這麼想的。這個故事可以寫得更洗鍊，只需要描寫兩名主角的關係就夠了。如果是現在的柊TOKORO，就有能力達到那個境界。」

「……哼，這樣講是比較好聽啦。」

TOKORO老師嘴上這麼說，語氣卻顯然不太高興。

「你真的認為只靠兩位主角就能填補少了這個角色的空缺嗎？」

「對。我在腦海中大概模擬過一遍了。雖然確實有一些在技術上有難度，以及需要用到特殊技巧的地方，但我覺得現在的妳辦得到，而且這樣更能提升故事的純度。」

「……這邊你打算怎麼處理？」

TOKORO老師翻開原稿，指著上面的段落問道：

「就是八十四頁，阿佐從多子的言行中發現惡意的地方。這是因為有留美子這個攪局者存在才會產生的疑惑不是嗎？」

「可以故意把這裡寫成阿佐主動發現這件事。如果是經歷過上一集故事的她們，就有可能辦到這種事，而且那種細微的內心變化肯定很美麗。」

「不，這太勉強了吧！阿佐不是會想那麼多的人！那這裡要怎麼辦！多子因為太嫉妒而跑出房間的橋段！如果沒有留美子留下的郵件，她就不會感到嫉妒了吧！」

「舉例來說，那裡可以改成讓阿佐在房裡留下疑似變心的證據。她本人可能覺得只是小事，但變得有些神經質的多子就算會胡思亂想也很合理。要想出一個合適的證據確實很困難，但應該不是不可能。」

「你說的……有道理。如果這樣寫……說不定……真的可以……」

TOKORO老師一邊胡亂前後翻頁，一邊亂抓頭髮。

然後——

「嗯——！我不能接受！」

她像個小孩一樣大聲亂叫，拚命找尋能反駁野野村先生的地方。

然而——

聽過他們的討論內容，我開始有種感覺——

野野村先生的提議——是不是真的可行？

那樣改稿是不是真的可行？是不是更能提升故事的美感……？

不，我當然不曉得答案。

畢竟我只是個外行人，而且只用很短的時間大致讀過那份原稿。

可是……他提出的方案確實讓我感覺抓到了什麼。

——我完全搞不懂野野村先生為什麼能從這份原稿想出那麼大膽的改稿提議。

為什麼他能發現刪掉那種地方可以讓作品變得更好？

照理來說，應該沒人想得到要刪除關鍵角色。

為什麼野野村先生有辦法想到……？

在那之後，TOKORO老師和野野村先生依然繼續討論。

「——那這裡要怎麼辦！」

「——那裡應該也能用跟上次一樣的改法搞定。」

「——這裡絕對需要留美子吧！」

「——我反倒覺得那裡應該直接跳過，留給讀者想像的空間。」

「——更何況，整個故事都是建立在留美子的小聰明上。」

「——那些小聰明真的是妳寫這個故事的目的嗎？透過角色去發揮構想，妳不覺得很有趣嗎？」

然後——

「……基於上述理由，我提議刪除留美子這個角色。」

可以反駁的地方似乎都說完了。

當TOKORO老師再也說不出話時，野野村先生有些過意不去地說：

「……妳意下如何？雖然有些地方很難寫，但我覺得作品會變得更好。」

——他說得沒錯。

聽完兩人的討論，我幾乎可以確信了。

野野村先生的意見非常合理，如果按照他的建議改稿，就能讓故事的水準提升一到兩級——

問題在於——

「……就算這樣！」

TOKORO老師額頭冒出青筋，跟小孩子一樣開始耍脾氣。

她似乎想反駁，卻找不到該說的話——

「就算你說的都對，我還是不會改！絕對不會！我不會刪掉留美子！」

說完，她猛然從椅子上站起來。

接著——

「野野村是大笨蛋～～～～～～～～！」

大叫一聲後——她就喘著大氣離開會議室了。

被留在會議室裡……我整個人都傻住了。

沒想到討論改稿……還會出現這種狀況。

竟然連大人都會那樣吵架收場……

*

「……不好意思，姊姊每次都給您添麻煩……」

我們也差不多該回家，大家都開始收拾東西。

就在這時，柊同學把椅子擺回桌子底下，一臉抱歉地說：

「每次要她改稿，她都這樣固執己見……」

「別這麼說。因為這次要改的地方太大，我早就做好心理準備了……」

野野村先生如此回答，把手擺在自己的脖子上，露出無奈的表情。

「所以，我才會猶豫該不該在這裡跟她討論……」

「我也很久沒看到她那麼生氣了……」

連細野都望著TOKORO老師衝出去的房門。

「那麼幼稚的人居然有辦法寫出纖細的小說，實在是很不可思議……」

……看來柊TOKORO不是頭一次那樣發脾氣。從他們的反應看來，這反倒已經是慣例了，每次要她改稿，她都會有那種反應……

可是——

「……這、這樣沒問題嗎？」

我還是覺得很不安。

「她看起來很生氣，要是對改稿太過抗拒……說不定會抽稿不是嗎……」

我還是頭一次看到大人吵得那麼厲害。

總覺得事情發展成這種地步，她就再也無法冷靜改稿，也可能會無視野野村先生的建議……

虧我還覺得那是個好主意……

然而——

「不，不會有那種事。」

野野村先生絲毫沒有猶豫，非常乾脆地如此斷言。

「為、為什麼你會這麼說？看她那種反應，感覺會真的無視你的建議……」

「……嗯～～我就這麼說吧。」

野野村先生交叉雙臂，想了一下。

「的確，我不曉得TOKORO老師之後會不會接受我的建議。她有可能會改，也可能不會改。只不過，我猜——她這次八成會接納我的建議。」

「……為什麼你會這麼想？」

「因為對她來說……」

野野村先生轉頭看過來。

臉上充滿絕對的信賴，對我如此說道——

「——比起講不贏責編，『沒辦法讓故事以最棒的模樣出版』更讓她感到害怕。」

「沒辦法讓故事……以最棒的模樣出版？」

「嗯。」

野野村先生點點頭，露出有些驕傲的表情。

「她……作家總是強烈希望讓作品以最棒的模樣出版。因此，就算在第一時間無法接受責編的改稿建議……她也無論如何都會在腦袋裡反覆推敲。那些建議真的可行嗎？實際把稿子改成那樣，看起來又會變得怎樣……結果就是只要本人覺得那些改動是有必要的，不管當初吵多凶，之後她還是會改稿。比起沒有把作品寫到最好就出版的屈辱，改變想法的屈辱根本算不上什麼。事實上，她過去也都是這樣。」

「是……這樣嗎？」

「……啊，可是……」

之前一直閉口不語的柊同學用像在抱怨的語氣開口了。

「在你們爭論過後，她有時依然不會改變想法。每次這種時候，她就會得意洋洋地告訴我『都是因為野野村給我那種亂七八糟的建議，我才決定不理他的！』……」

「……那樣沒問題嗎？」

聽到我戰戰兢兢地這麼問，野野村先生用手拄著臉，瞇起了眼睛。

「那樣當然無所謂。」

他露出父母看著子女般的眼神點了頭。

「因為那就表示TOKORO老師在認真檢討後，決定不採用我的建議。我也不是每次都能提供正確的建議，這種情況也是會發生的。」

「……難道您沒想過那些沒被採用的建議還是正確的嗎？難道您不曾想過站在客觀的角度，自己的想法相當合理嗎？」

「那種情況當然也有。」

「那這種時候要怎麼處理？」

「這得視內容而定……但我最後還是會相信她的判斷，不會硬逼她改稿。比起我個人認為的客觀，我最後還是會相信TOKORO老師的主觀。」

「這又是……為什麼？」

聽到這個問題——野野村先生微微一笑。

然後露出今天看起來最幸福的笑容如此回答——

「因為我才是——她在這個世界上的頭號粉絲。」

*

「——我學到了很多東西，真的很感謝妳。」

在回程的總武線普通列車上。

秋玻似乎對這次的職場體驗活動非常滿意，有些興奮地向柊同學道謝。

「野野村先生和TOKORO老師都好厲害……多虧有他們的努力，我們平時才有那些好故事能看呢……」

「是嗎……可以聽到妳這麼說，我就覺得有邀請你們真是太好了……！」

柊同學站在陶醉地瞇起眼睛的秋玻身旁，也揚起了嘴角。

「想到回去以後還得安慰姊姊，我就覺得憂鬱……我猜她應該又會喝得爛醉，一直跑來煩我……不過有妳這句話，我就算是稍微得到救贖了……」

「矢野，你覺得怎麼樣？」

坐在旁邊的細野探頭看過來，對我問道：

「你不是說自己沒什麼將來的計畫嗎？今天有什麼感想？有值得參考的地方嗎？」

「啊，這個嘛……」

我稍微想了一下，回給他一個微笑。

「……他們真的好厲害。」

——真的很厲害。

出版業界和在裡面工作的人都遠比我想像的——還要厲害。

「……起初，我還以為自己也有能力做這種工作。」

繼續隱瞞也無濟於事，我誠實地說出自己的誤會。

「因為公司大樓看起來很普通，野野村先生乍看之下也只是個溫柔的大哥哥……讓我以為自己也有能力在那裡工作。老實說，在他們討論改稿的時候，我甚至以為自己也能提出意見。」

「啊～～我能明白你的心情。我對那裡的第一印象就是意外地普通，感覺就是間一般的公司。」

「對吧？可是聽完他們討論，還有野野村先生後來那些話，我只有一種想法。」

我回想在自己眼前上演的激烈討論——

「——啊啊，他們跟我的等級不一樣。」

我誠實說出自己的感想。

——等級不一樣。

沒錯，我想這種說法應該是正確的。

我跟野野村先生的等級完全不一樣。

不管是對故事的理解、改善故事的能力、對作家的理解，以及對作家的信任——

原來……那就是職業人士。

那就是創作故事的職業人士……就是所謂的編輯嗎？

「所以，嗯……」

我整個人靠在椅背上。

「看來我應該沒辦法輕易進去裡面工作了～～……」

高圓寺的夜景在窗外流逝。

我茫然望著夜景——有種快找到的東西又消失了的感覺。

我彷彿失去立足之地，心中只感到不安。

第二十七章
Chapter.27

【乳房的起伏】

「——矢野同學！」

放學後，我把借來的書還給細野，便準備走向社辦。

一道熟悉的聲音從背後傳來，讓我停下腳步。

「啊，千代田老師……」

「抱歉，你在趕時間嗎？能不能耽誤你一下？」

「嗯，我是沒問題啦……」

我只是想和往常一樣，去社辦跟秋玻與春珂一起打發時間罷了。停下來說幾句話並不成問題。

不過……她們今天有事先跟我說有東西要給我，要我好好期待，至於那個東西到底是什麼，只要想想「今天的日期」，我心裡就有答案了……沒辦法，就讓她們稍微等我一下吧。

「是嗎？那就好……其實我是想談談你的志願。」

千代田老師難以啟齒地這麼說道。

「你想到答案了嗎？三年級的課程志願調查表，這週末就是繳交期限了……你還沒找到答案嗎？」

……果然是這個話題。

早在她叫住我時，我就猜到會是這樣了。

期限就快到了，身邊的同學都開始接連繳交調查表。

然而這當中……平常都會早早繳出報告或資料的我卻依然還沒繳。

也難怪千代田老師會發現我陷入苦戰。

「是啊……我還有些煩惱。」

自從去町田出版社參觀，已經過了一段時間。

我依然——還沒想到自己今後的志願。

或許反倒變得比之前還要迷惘。

因為我切身感受到野野村先生和我的差距。

如果那就是所謂的工作，如果一個職業人士必須具備那種能力……那我到底能做些什麼？

我甚至覺得自己什麼都辦不到。老實說，我變得有些喪失自信。

「不過，我還是會在期限前繳交調查表的……不好意思，可以請妳再給我一點時間嗎？」

「我明白了。不過，其實現在還沒晚到需要道歉的地步啦……」

千代田老師小聲笑了出來，短暫露出猶豫的表情——

「……其實我丈夫也有些擔心你。」

「妳是說野野村先生嗎？」

「嗯。首先，因為他跟TOKORO吵架了，他擔心你們有沒有被嚇到。突然讓你們見識到那種場面，他覺得很抱歉。」

「啊啊，不，那不是問題。我們反倒學到了東西。」

雖然的確有被嚇到，但那著實是一次很好的經驗。

如果沒有看到那一幕……我現在可能還在得意忘形，以為自己也能勝任那種工作。

「除此之外……他好像還很在意你的事情。」

「……在意我的事情？」

……為、為什麼？為什麼他會特別在意我？

那一天，我應該沒做出什麼會讓他特別有印象的事……

「他說總覺得你好像有些煩惱。還有……就是……」

說完，千代田老師有些難為情地別開視線。

「……他說你有點像以前的我。」

「……咦咦咦！」

「聽到他這麼說，我也嚇了一跳……覺得有些懷疑……不過，總之他就是因為這樣才會對你放不下心……」

「原來如此……」

儘管我點頭表示理解，還是無法想像。

……千代田老師以前也是像我這樣的人嗎？

應該說，我無法想像千代田老師和野野村先生高中時代的模樣……

大人過去也曾經是個孩子，走過跟我們一樣的青春歲月才會變成現在的樣子。然而，我總是覺得他們可能打從出生就一直是現在的模樣。

「……事情就是這樣，你身邊其實有許多同伴。」

面對感到驚訝的我，千代田老師重新打起精神，笑了出來。

「所以要是遇到什麼問題就儘管找人商量吧。如果你不嫌棄，我也會盡量幫忙。」

「……我知道了。」

即使還沒完全消化千代田老師這番話，我還是先點頭答應。

「到時候就麻煩妳了……」

「嗯，放心交給我吧！」

說完，千代田老師使勁握拳。

總覺得這個姿勢跟平常的她很不搭調，讓我忍不住笑了出來。

＊

——我跟往常一樣，先輕輕敲門才準備走進社辦。

可是——

「咦……秋玻？春珂？」

我到處都找不到她的身影。

不管是她平常坐的椅子、書架前，還是貼著外星人貼紙的收錄音機前——

狹小的房間裡空無一人，讓窗外的街景看起來比平時冷清。

「……她去買飲料了嗎？」

我一邊自言自語一邊決定先進社辦。

因為走廊上很冷，我想早點開暖爐取暖。

可是，就在我踏出一步的瞬間——

「——情人節快樂！」

——拉炮爆開的聲音突然響起。

我嚇了一跳，看向聲音傳來的方向後——春珂從暗處跳了出來。

「恭喜！矢野同學～～！」

春珂抱住我，像在唱歌一樣說出這句話。

她手裡拿著紙片掉出來的拉炮，頭上戴著用亮晶晶紙板做成的三角圓錐帽。

「咦，呃，這是怎麼回事……！情人節是這樣慶祝的嗎！」

情人節是這種需要高調慶祝，像在開派對的活動嗎！

雖然聖誕節與萬聖節都開始變成這樣……但我記得情人節應該還是一個比較溫和的節日……

——二月十四日。

今天就是情人節。

老實說，我對此相當期待，當她們暗示要送我巧克力時，我也非常開心，心想她們果然會給我。

可是，我沒想到她們會像這樣給我驚喜……

我原本還以為她們會偷偷把巧克力交給我……

可是，春珂無視我的吐槽。

「沒差啦～～！只要今天能過得開心，過得幸福就行了！」

說完，她迅速在我臉頰上親了一下。

「開心的事情越多越好不是嗎？只要能過得開心就是勝利～～！」

總覺得──春珂就像戲劇當中會出現的外國小孩。

她跟在家庭派對興奮玩耍的小女孩一樣，讓我忍不住笑了出來。

「所以……」

春珂先轉過身，在自己的書包裡翻找。

然後──

「給你──這是我親手做的巧克力！」

說完──她把一個包裝得漂漂亮亮的盒子拿到我面前。

「這當然是真心巧克力，你要用心品嚐喔……！」

「喔喔……竟然是真心巧克力，我還是頭一次收到。謝謝妳。」

我一邊感謝她的心意一邊接過巧克力。

即使我們現在交情匪淺──對於她們兩人願意喜歡我，我依然覺得感謝與喜悅。

雖然煩惱還是沒有消失，我心中對她們兩人的好感也完全未曾動搖。

「……我可以現在品嚐嗎？」

「當然可以！請用！」

得到春珂的同意後，我解開盒子上的緞帶，慢慢打開包裝紙免得不小心撕破。然後，我把盒蓋打開一看。

「……喔喔！」

盒裡擺著——四顆大大的巧克力。

每顆巧克力都撒上了可可粉，還做成漂亮的心型。

而且看起來還有些柔軟……

「……難不成這是生巧克力？」

「答對了～～！」

春珂開心地拍手。

「這是我昨天努力做的～～你快點吃吃看吧。」

我點點頭，把一個巧克力放進嘴巴。

「嗯，好吃……！」

巧克力濃郁的甜味，還有鮮奶油融化般的口感，可可粉的苦味讓那種柔軟的口感取得適度的平衡。這個巧克力做得相當不錯。原來春珂還擅長做甜點啊……

「因為用來作為材料的巧克力是一般商品，不管怎麼做都會好吃～～」

春珂露出承認自己做壞事般的表情，對我如此說道。

「不過，我覺得自己做得還算不錯！」

「嗯，好吃……真的很好吃。」

又吃了兩個後……我才發現一件事。

「啊，抱歉！我連妳的份都吃掉了！」

回過神時，盒裡只剩下最後一個巧克力。糟糕，她也想吃吧。我應該留一半給她。

「抱歉，只剩下一個了……這個給妳吃吧。」

「不，不用了。這本來就是做給你吃的。」

說完，春珂搖搖頭。

「啊，不過……既然你說要給我，那就……」

她拿起最後一個巧克力。

然後用自己的嘴唇含著——

「請饗（請用）。」

——春珂瞇起眼睛，指著巧克力這麼說。

我的心臟猛然一跳。

心型巧克力就夾在春珂那對薄唇之間。

如果想吃那顆巧克力……

換句話說，春珂是……

「……嗯。」

我明白她的意圖後，點了點頭。

接著，我輕輕吸了口氣——把自己的嘴唇貼上去，含住那顆巧克力。

巧克力剛好在正中央斷成兩半。

我們稍微碰到彼此的嘴唇。

雖然我想就這樣把臉移開，可是——

「……嗯！」

春珂抱住我的脖子，不讓我離開。

我們就這樣繼續緊貼著彼此的嘴唇。

春珂的舌頭像上次那樣伸進我嘴裡，我還品嚐到沾在舌頭上的巧克力滋味——

這個姿勢維持了一段時間，品嚐過彼此舌頭上的甜味後，春珂緩緩把臉移開。

「……時間到了。」

她發自內心感到遺憾地這麼說。

然後跟我拉開距離，坐在椅子上。

「雖然我想趁情人節跟你多做一點事情，可是……這也沒辦法。秋玻昨天也努力做了巧克力，所以……你要好好品嚐喔。」

「……嗯，我會的。」

殘留在舌頭上的春珂的感觸以及可可的香味令我心生動搖，我點了頭。

春珂低下頭——跟秋玻對調後抬起頭。

發現我也在場的秋玻微微一笑……然後突然發現異狀，把手伸向頭上，拿起自己戴著的帽子。

然後她一臉不可思議地仔細觀察帽子——小聲自言自語：

「……這是什麼……」

＊

「……真的很好吃。」

——秋玻做給我的是松露巧克力。

跟春珂的巧克力一樣，都是撒了可可粉的大塊巧克力。

吃完巧克力後——我再次向秋玻道謝。

「謝謝妳。這些巧克力不會太甜，直到最後都吃不膩呢……妳們兩個真的很擅長做甜點。」

「是啊。因為以前住院的時候，院方也經常讓我們做些料理或甜點……當時我們也很常做巧克力。」

……原來她們是在住院時學會的……

我想起在秋玻家裡看過的相簿。

在認識我以前，她們兩人就住在北海道的某個城鎮——原來當時的秋玻與春珂就已經會做巧克力了……

「……欸，矢野同學。」

就在我思考這些時，秋玻叫了我的名字。

而且——聲音聽起來有些不高興。

抬頭一看，她果然正一臉不滿地看著我。

「……你今天也跟春珂做了某些事情對吧？」

「……咦？」

「就在這裡，那個……做下流的事……」

……原來被她發現了嗎？

仔細想想，她嘴裡應該還留有巧克力的味道，或許讓她比以往更容易感覺出來吧。

不過，這種事或許本來就不需要隱瞞……

「……上次你到我家的時候，結果我們什麼都沒做。」

秋玻露出深感怨恨的表情瞪著我這麼說：

「……不公平。」

「……對不起。」

我搔搔頭，老實地道歉。

「這確實有些不公平。抱歉，我沒有顧慮到那麼多……」

事實上，我最近都是跟春珂做「那種事情」。

雖然一方面是因為春珂主動進攻，也是因為輪到秋玻時運氣不好被人打斷……但我確實應該更加注意。

「……既然這樣……」

秋玻瞇起眼睛盯著我。

「你就做些特別的事情補償我……」

「特別的事情？」

「嗯。就是你以前從未對別人做過的事，還必須是不曾被我們或其他任何人做過的事情……」

「嗯，這個嘛……」

就算聽到這樣的要求，我一時之間也想不到該對她做些什麼。

總覺得越去想這件事，結論就越會變成令人難以啟齒……過去沒做過的大膽行為。

可是——

「……好吧，我答應妳。」

不管那會是什麼樣的行為，我都想實現她的願望。

這是為了讓秋玻也能充分理解我對她的心意。

為了讓她知道我同樣喜歡她們，她們對我來說同樣重要，我想照著她的要求去做。

這似乎讓秋玻非常開心，難得露出燦爛的笑容。

然後她輕輕握拳。

「——好耶！」

發出了歡呼聲。

可是——就在這時。

秋玻的袖子碰到擺在桌緣的巧克力空盒。

盒子翻了過去，從桌上掉落。

然後——碰到秋玻的大腿，滾落到地板上。

「哇哇哇！」

「喔，妳、妳沒事吧……」

秋玻難得搞砸事情，感覺就像春珂一樣……

「可可粉都灑到我腿上……」

我一邊撿起盒子一邊往她那邊看過去——就跟她說的一樣，盒子裡殘留的可可粉有很多都撒在她的腿上了。而且秋玻為了撥掉那些可可粉，裙子還被她的手掀起來，一路延伸到大腿……

「……！」

看到秋玻意外裸露的肌膚，我不由得別過目光。

我還差點就要看到她的內褲。接近大腿根部的肌膚就像絲綢一樣滑順，讓我直覺到那裡是「不該看的地方」。

可是——

「……矢野同學？」

也許是注意到我的反應，秋玻試探性叫了我的名字。

「怎麼了？」

「沒什麼……總之，我去把手帕弄濕給妳擦。就算用手撥，也只會讓可可粉散得更開……」

說完，我不敢直視秋玻，開始在書包裡翻找手帕。

秋玻似乎正默默注視著我。

果然……被她發現了嗎？她發現我的視線有何意義了嗎……

「……那我就去弄濕手帕了。」

我總算找到手帕，站了起來。

我想盡快逃離這種尷尬的氣氛。

然而——

「——等一下。」

秋玻叫住了我，從椅子上站起來。

「我想到了。」

「……想到什麼？」

「矢野同學，轉過來看我。」

「……有、有什麼事？」

我按照她的要求，不甘願地轉過去看她。

秋玻在我眼前——掀起裙子露出大腿。

雪白的肌膚上沾滿了可可粉……一直到相當接近根部的地方，也就是大腿內側都沾滿了茶色粉末。

——看到眼前的光景……

我完全被奪去目光了。

秋玻露出恍惚的笑容，居高臨下地睇起眼睛——對我說道：

「——舔我。」

「……咦？」

「我要你把我的腿舔乾淨——」

——我有一瞬間無法理解這句話的意義。

而且——即使過了一段時間，總算理解表面上的意思——我還是無法相信。

……要我舔乾淨？那個，舔她的大腿嗎……？

秋玻真的……對我提出這種要求嗎？

「……妳是認真的？」

「當然是認真的。」

相較於我緊張著急的口氣，秋玻的嘆氣甚至給我一種從容不迫的感覺。

「你不是什麼都願意做嗎？那這應該不算什麼吧？」

「我確實有這麼說過，可是……」

「……你不願意？」

「我沒有不願意……只是，那個……要是我那麼做……」

只是稍微想像了一下，我的心臟就快要沸騰。

竟然要我用舌頭去舔她那柔嫩的肌膚——我光用想的就快要瘋掉了。

而且要是我那麼做，秋玻會有什麼感覺？只會覺得癢嗎？還是會覺得很舒服？那麼做真的會讓她感到開心嗎……？

可是，我沒有說出這種直指核心的問題。

「……應該會看到妳的內褲吧？」

只說出這種愚蠢的問題。

「啊哈哈，事到如今那種小事根本不算什麼。你不是已經看過好幾次了嗎……？」

如我所料，秋玻絲毫沒有動搖。

反倒因為我的動搖，表情變得越來越愉悅。

「其實……我對自己的腿還算有自信。我並不覺得自己的身材有多好，可是……這雙腿不但皮膚細緻，肉感也恰到好處。我覺得腿型也很不錯……我很滿意。」

——秋玻的大腿確實很漂亮。

整體來說算是纖瘦的身軀，連接著穠纖合度的修長大腿。

白皙肌膚隱隱透出底下的血管，表面潔淨無瑕，描繪出柔和的曲線，從裙底下一直延伸到膝蓋——

那雙美腿就像雕刻品，讓人忍不住看傻了眼——

「所以，快點舔我……」

秋玻迫不及待地催促我。

「你想讓我擺這種姿勢多久？快點舔乾淨吧……？」

——我已經無處可逃。

腦袋開始發燙，逐漸失去思考能力。

我點點頭，在秋玻面前跪下。

眼前就是她有如雪原的肌膚。

光是這樣我的心臟就開始亂跳，想大聲說出自己的慾望。

我拚命壓下那股衝動……把臉貼近她雪白的肌膚——用舌頭輕輕舔了一下。

「——嗯！……」

秋玻悶哼一聲。

舌尖感受到雪白肌膚的滑嫩與柔軟，還有可可粉的苦味。

然後——某種難以形容的強烈情感湧上心頭。

那股激情讓我不由得躊躇不前。

「……你在做什麼？」

秋玻的聲音再次從頭頂傳來。

「還沒舔乾淨吧？來，快點繼續……」

——我按照她的要求，再次用舌頭舔弄她的肌膚。

這次舔的時間更長，範圍也更廣——

從膝蓋上方舔到接近內褲的地方，從右腳舔到左腳，像是在侵犯她一樣到處亂舔。

「……呼！……啊！……」

秋玻發出呻吟。
即使如此——我還是沒有停下。
她希望我把可可粉全部舔乾淨。
至少在完成這個要求以前，我不能停下來——
茶色粉末似乎真的一直延續到她的內褲邊緣，連水藍色布料的荷葉邊都被沾到了。
於是——我開始仔細舔掉那一帶的粉末。
「啊！……啊！啊！……」
秋玻開始發出誘人的叫聲。
「……唔！……呼！……啊……啊！……」
我聽著那種幾乎跟喘息沒兩樣的叫聲，繼續發動舌頭攻勢。
從胯骨附近一直舔到髖關節的正面。
雖然舌頭偶爾會碰到內褲的布料——但那附近也都有粉末，必須全部舔乾淨。
我又接著舔到大腿正面，把剛才沒舔乾淨的地方又澈底舔過一遍。
「嗚、嗚啊……啊！……啊啊……」
因為範圍太大，讓我花了不少時間。
秋玻的叫聲越來越大，我有點擔心會不會被走廊上的人聽到。

要是被千代田老師發現——說不定會惹出麻煩。

可是，我繼續把大腿外側和膝蓋附近舔乾淨——這樣外面應該差不多都舔乾淨了。

剩下的就只有更裡面一點的地方。

——也就是大腿內側。

我用手稍微扳開秋玻站著的雙腿。

「……咦！」

秋玻驚訝地叫了出來。

或許她沒發現那裡有沾到可可粉吧。

「……這裡我也會幫妳舔乾淨的。」

我只說出這句話——然後……

把舌頭貼上那片比剛才更白皙、更柔軟的肌膚。

瞬間——

「——啊！」

——秋玻發出我從未聽過的叫聲。

可是——我停不下來。因為她腿上還有可可粉。

「嗯！……嗯唔！啊……啊啊……！啊……！」

秋玻越叫越大聲。

她把手伸過來——用雙手抓住我的腦袋。

「……等一下……等一下……矢野同……」

然後我把舌頭伸到目前為止最深入的地方。

也就是大腿內側的上半部。

「——嗯唔……！」

——秋玻的身體抖了一下。

她的雙手不斷顫抖，被我抓著的雙腿也在不知不覺間軟掉了——

——秋玻就這樣癱坐在原地。

「……呼啊……呼啊……嗯！……」

她激烈地大口喘氣。

也許是因為使不上力，她雙手扶著地板拚命支撐體重，全身抖個不停……

我好像……做得太過火了。

秋玻會不會不希望我做到這種地步……？

「抱……抱歉！妳還好吧……？」

我突然感到不安，把手擺在秋玻的肩膀上。

「妳喘得過氣嗎？難不成……妳不喜歡那樣？」

「……不……我沒事……」

秋玻這麼告訴我，搖了搖頭。

「可是，我看妳好像很難受的樣子……」

「你誤會了……這不是難受……」

秋玻抬起頭。

她嘴裡含著兩三根凌亂的頭髮，迷茫的雙眼濕潤，臉頰染上一片赤紅，然後——

「——很舒服……」

她用神魂顛倒的誘人聲音如此細語。

「我覺得……非常舒服……」

——這句話成了契機。

看著她茫然的表情——

聽著她性感的聲音——我一直壓抑著的感情爆發了。

那是一種震撼腦髓，彷彿身體快要炸開的——痛苦。
沒錯，是痛苦。
我覺得非常痛苦。

——這是怎麼回事？
——為什麼我會這麼痛苦？

突然湧出的強烈情感令我感到困惑。
我跟喜歡的女生做下流的事，她也覺得很高興。
我心裡當然很開心。
然而，為什麼我會……覺得這麼痛苦？
我站了起來，拿起書包。
「……矢野同學，怎麼了？」
秋玻也跟著搖搖晃晃地起身，不安地這麼問我：
「難道說……你生氣了？」
「……不，我沒有生氣。抱歉，我突然想起還有急事……」

——我盡量裝出自然的表情與口氣。

全力施展霧香教給我的「演技」，如此解釋：

「選擇在這種時候離開，我真的很抱歉……我很想再待久一點，可是……我也很想跟妳聊天，但我差不多該走了。」

「……這樣啊。」

不曉得秋玻對我真正的想法了解多少，她絲毫沒有表現出不滿，露出平靜的微笑。

「抱歉，你在趕時間，我還叫你留下來……」

「沒關係啦。沒能陪妳久一點，我真的很抱歉……明天見。」

「嗯，明天見……」

說完這些話——我就逃離了社辦。

＊

「……怎麼回事！……我到底……怎麼了……！」

我穿過玄關，走出校舍。

即使走出大門來到街上，穿過大街，走過西荻車站——我心中的痛楚也沒有消失。

「……為什麼我會有這種感覺……」

——雖然嘴上這麼說，其實我知道答案。

我知道自己感到痛苦的理由。

也知道自己感到心煩的原因——

——因為我無法做出任何決定。

就只有我一個人沒有任何確定的想法——

決定志願這件事也一樣。

當大家都逐漸找到自己的目標時，只有我不知道自己想做什麼。

不但如此——我還澈底體認到自己缺乏實力。

我實在不認為現在的自己有可以選擇的未來——

——還有秋玻與春珂的事情。

我很重視她們兩個是事實。

我也確實愛上了她們，只要跟她們在一起就覺得幸福，每次碰觸到她們也很確定自己在渴望著她們。

然而——我無法做出決定。

我無法確定自己到底喜歡誰。

搖擺不定才是正確解答，兩邊都珍惜才是正確選擇……我必須讓自己這股強烈的情感保持在曖昧不明的狀態下。

——我很明白，那是我自己的願望。

為了讓春珂永遠不會消失，是我自己決定要這麼做的。

我反倒——應該算是加害者。

即使如此，我還是對此感到非常痛苦。

我無法純粹去享受跟她們兩人的親密行為。

不管跟她們之中的誰肌膚相親，我都會有強烈的罪惡感……這件事讓我十分煩惱，煩惱到幾乎要昏倒的地步。

——也許是因為我的苦惱都寫在臉上。

路上行人露出擔心或是驚訝的表情看向我，接連從我身旁走過。

我想對他們——說出心中的問題。

我該如何是好？面對這種狀況，如果想盡量做個正直的人，我該怎麼做——

「……我今後到底會如何……」

繼續懷著這種心情跟她們相處，我會變成什麼樣子？

為了跟春珂在一起，我只能不做選擇，繼續讓自己搖擺不定……一直處在這種心境下……

我有辦法忍受嗎？

我原本就已經被逼得走投無路了，還有辦法繼續忍耐嗎？

——至少……

至少給我某種確定的事物吧。

讓我覺得至少自己還有這樣東西。

我想要一個不管別人說什麼，我都不會受到動搖的事物——

「——嗯……？」

就在這時，我發現口袋裡的手機在震動。

是秋玻打來的嗎？還是春珂……

我拿出手機，看向螢幕……發現上面顯示未知的號碼。

因為開頭是03，應該是來自東京都內的有線電話……

我猶豫了一下，按下通話鈕，把手機擺到耳邊。

我平常不太會接這種陌生號碼的電話……但我現在處於這種走投無路的心境，想要某種可以轉移注意力的東西。

「……喂？」

『啊～～喂？不好意思，請問這是矢野四季同學的手機號碼對嗎？』

「是這樣沒錯……」

……總覺得聲音有點耳熟。

那是既柔和又開朗，而且輕快的男性嗓音——

接著——

『啊～～你好！好久不見，我是町田出版的野野村九十九。』

對方用彷彿遇到許久不見的老朋友的語氣如此報上名號。

「啊、啊……野野村先生……好久不見。」

——對方是我意想不到的人。

想不到野野村先生竟然會打電話過來。

我原本還以為或許再也沒機會跟他見面了……

『不好意思，我向百瀨要了你的電話號碼，因為我有一件事情無論如何都想拜託你幫忙……』

「有事想拜託我幫忙？」

『嗯。』

然後，野野村先生對一頭霧水的我——如此問道：

『明天能不能請你到町田出版一趟，接受我們的採訪——』

【不正經的教育講座】

第二十八章
Chapter.28

三角的距離無限趨近零

Bizarre Love Triangle

「——不好意思！突然把你叫來。」

我懷著困惑不安的心情來到町田出版社。

走進前幾天來過的會議室——在裡面等我的野野村先生露出歉疚的表情，從椅子上站起來。

「原本應該是我過去找你，卻麻煩你專程跑一趟……」

「這倒是無所謂……請問有什麼事嗎？」

「其實是～～TOKORO老師寫稿遇到了瓶頸……」

「……嗨，矢野同學……」

……在他身旁，TOKORO老師確實面對著列印出來的原稿，露出傷透腦筋的表情，緊緊交叉雙臂。

「真的很抱歉……如果你不介意，我想請你稍微幫個忙……」

「……我幫得上忙嗎？」

聽到野野村先生這麼說，我再次想起那種痛苦的心情——

老實說……我不認為自己幫得上忙。

不管是要提供想法還是判斷好壞，自從上次來這裡訪問以後，我已經很清楚自己無能為力。這樣的我到底能幫上什麼忙呢……

難不成他們想拜託我處理跟寫稿有關的雜務……？

「……嗯。你放心，我們只是想了解男高中生的想法。」

也許是察覺到我的不安，野野村先生用溫柔的聲音這麼說。

「我們需要你提供自己平時的真實感受與想法。就這層意義來說，你完全不需要勉強自己，所以大可放心。」

「這樣啊……」

即使聽到他這麼說，我還是沒什麼真實感。

我的感受與想法……能對故事派上什麼用場，我實在無法想像。

「那可以麻煩你先把這份稿子大致看過一遍嗎？真的只要大致看過就行了。」

說完，野野村先生把疑似剛列印出來的原稿遞給我。

「要不要幫忙，可以等你看完稿子再決定。至於報酬……我請你吃一頓比較貴的晚餐如何？」

……報酬。

我當然不是為了那種東西而來，就算要我無償幫忙，我也一點都不在意。

可是，我覺得為了這種事爭論也只是浪費時間。

「……我明白了。那我就先看看這份稿子。」

我老實地點頭答應。

「謝謝你！那就有勞你了。」

……既然事情變成這樣，我就先看看這份稿子吧。

畢竟野野村先生都特地找我過來了……說不定我也能從中得到一些啟發。

我隱約有……這種預感。

我把手邊的椅子拉過來坐，開始迅速閱讀這份原稿。

＊

「——我大致明白了。」

花了約幾十分鐘把原稿大致看過一遍後——我抬起頭嘆了口氣。

我拿到的稿子是之前開會討論的作品《十六進位法之花》的續集。

那是描寫阿佐與多子這兩個女生之間有些痛苦的關係的故事。

這個故事經過大幅改稿，已經跟上次相差許多。

我注意到好幾項變動，也感覺得到每項變動都發揮出很大的效果。

其中最讓我在意的地方——

「……想不到真的刪掉了。」

——還是這項變動。

「留美子——結果還是被刪掉了。」

——在上次看過的原稿中，留美子是故事的關鍵人物。

但這次的原稿，這個人物真的照野野村先生的提議——被刪掉了。

TOKORO老師當時明明為此激烈爭論，最後還撂下狠話奪門而出……卻還是照著野野村先生的指示大幅改稿。

儘管野野村先生早已預言她會這麼做，還說出讓我信服的理由……這個事實依然令我感到驚訝。

「哎呀～～！被你發現了呢！」

至於——實際改稿的TOKORO老師本人——

則是表現出沒轍的調調笑了出來。

「後來我考慮了很久，覺得野野村說的也有道理。哎呀～～當時是我失禮了呢！歹勢歹勢！啊哈哈哈哈！」

——TOKORO老師看起來完全沒有反省，也不覺得難堪。

那種厚臉皮的個性讓我頗為佩服。真要說的話，像我這種總是太客氣的人反倒想向她學習……

「……問題就在這裡。」

忍不住苦笑的野野村先生接著說下去：

「為了把留美子刪掉，讓不少其他故事元素被凸顯出來了。像是兩位女主角的心理描寫、互動過程的描寫、在古物店發生的事情，以及風景的變化之類。而其中有個讓我們很在意的角色……」

野野村先生翻開原稿，指著故事中段的某一頁。

「……就是從這一段開始出場的御門。」

——御門。

先前看這個故事的時候，這個角色幾乎只是個路人，但是在這次改稿後，他跟多子有了很大的關聯。

在我大致讀過一遍的印象中，他是一位個性認真的男高中生。

他肩負著指出多子在網路與現實中的差異這個重要任務。

我並不覺得這個角色有什麼問題，可是……

「總覺得……這個角色太過刻板了。」

TOKORO老師拿著筆低聲沉吟。

「這個角色因為跟多子之間的關係陷入苦惱……這個部分我還可以理解。可是……我總有一種這個角色是從其他地方借來的感覺。我想把這部作品寫得比較貼近現實，就覺得只有這個角色跟作品格格不入……」

「因為TOKORO老師已經是一位成年女性了。」

野野村先生用醫生說明病情般的口氣說道：

「不是十幾歲的年輕人，也不是男孩子，而且這次——也沒有像以前細野同學那樣的具體範本。這麼一來，她就只能完全靠想像來讓角色行動。那個角色還是跟自己完全不同類型的人，而且必須寫得跟阿佐和多子一樣栩栩如生。」

「御門完全就是離我最遙遠的那種人呢……」

TOKORO老師交叉雙臂，緊盯著原稿。

「如果他身上有一點點跟我重疊的地方，我就有辦法寫下去，但個性差距大到這種地步，寫起來就有難度了……」

「……原來如此。」

……聽起來確實很困難。

只要反過來想就很容易理解。如果要身為男高中生的我逼真地想像出TOKORO老師這樣的成年女性，讓這個角色行動，實在是不可能的任務。

事實上，光是她願意大幅改稿就已經讓我很驚訝了，我幾乎不可能想像出其他細微的情感。

「所以，我們才會決定找你談談。」

野野村先生斬釘截鐵地說：

「雖然其他作家很少這麼做，但TOKORO老師最近執筆經常會參考實際存在的人物的故事。只不過，細野同學已經在過去的作品中出現過，所以我們覺得參考其他男生會比較好。結果……我們認為之前大致看過原稿的你是個不錯的人選，就人物的個性來說，我也覺得這個角色跟你很像。」

「原來是這樣啊……」

我總算──明白他們找我過來的意圖。

明白自己該做什麼，以及來到這裡的任務──

只不過，這就表示──

「……也就是說……」

野野村先生彷彿看穿了我的想法，說出他的要求。

「我們接下來……想向你請教一些相當私人的問題。」

——沒錯，就是這麼回事。

「我們問這些問題是為了避免角色變得刻板。我希望你能告訴我們你自己平時的想法與感受。具體來說——就是人際關係，或是戀愛方面的事——」

——人際關係。

——戀愛方面的事。

如果要聊這些——我肯定得說出跟秋玻與春珂之間的關係吧。

然後，野野村先生頭一次表現出猶豫不決的樣子。

「所以——我不會勉強你，因為任何人都有不想被別人知道的心事……對你來說，我們只是見過幾次面的大人，彼此之間毫無信任可言。」

「不，我並沒有不信任你們……」

「哈哈，你不需要勉強自己。」

野野村先生看了過來——露出跟初次見面時一樣的溫柔笑容。

「不過，我還是要拜託你……可以的話，能不能助我們一臂之力？當然，你可以不用指名道姓。」

——我垂下目光，想了一下。

要向他們說出……我和秋玻與春珂之間的事情。
坦承自己跟她們相處的過程中萌生的情感——
……我果然會感到抗拒。
我真的可以說出自己的想法嗎？
這難道不是我應該獨自面對的問題嗎……
——就算這樣……
「這個嘛……」
我想找人說出這份積累許久的情感也是事實。
我也想知道當他們兩位聽完我的故事，會有什麼樣的感想。
而且——要是能稍微幫上忙，我覺得自己心中的痛楚也能得到些微緩解——
「……我明白了。」
我——向他們點點頭。
「如果我幫得上忙，兩位就儘管問吧……」

＊

「——好，那麼……」

我們重新——面對面坐下。

「我想馬上請教幾個問題。」

相較於緊張地挺直背脊的我，他們兩人看起來相當輕鬆。

這種落差讓我更加緊張，嚥下一口口水。

「首先是……矢野同學，你現在有心上人嗎？就是正式交往的對象，或是喜歡的女生。」

「……有。」

「是女朋友？還是單戀的對象？」

「這個嘛……情況有點複雜。」

「……哦？」

聽到我有些難以啟齒地這麼說，TOKORO老師揚起眉毛。

「因為某些緣故……我身旁有兩位女生，但我不曉得自己究竟喜歡誰。她們兩個都喜歡我……然而我沒辦法選擇其中一個。我們之間的關係就是這麼曖昧不明……」

「……原來如此！」

TOKORO老師開心地看向野野村先生。

「野野村，這位矢野同學很適合擔任這次採訪的對象呢……」
「是啊，幸好有請他過來吧？……其實——」
說完，野野村先生轉頭看過來。
「御門這個角色也對多子在網路與現實中的差異感到驚訝，無法確定自己喜歡哪一個她，處境可能跟你有些相似。」
「啊啊……是嗎？或許是這樣吧……」
事情確實就跟野野村先生說的一樣。
不光是不曉得自己喜歡誰，就連對方其實是同一個人這點都很像。
……我忍不住要懷疑。
說不定野野村先生……就是因為發現這件事才會特地找我過來。
也可能是千代田老師偷偷把我的事告訴他……？
「那實際被夾在兩個女生之間……你有何感想？」
也許是開始感到有趣，坐在桌子對面的TOKORO老師探出身體。
「你有因此遇到什麼煩惱或困擾嗎？」
「……當然有。應該說，我的煩惱多到不行……」
我點點頭——把自己能想到的煩惱都告訴他們。

「——我心中還是有罪惡感……」

「——總覺得自己在做不正直的事，無法發自內心為她們的心意感到開心……」

「——因為她們兩人還是會爭風吃醋。」

「——而且也不知道該怎麼向身邊的人說明……」

——TOKORO老師熱衷地聽我說，還會不時反問我，或是把話題轉到野野村先生身上，同時寫下筆記。

「——原來如此，她們兩個都已經接受這種情況了嗎？」

「——順便問一下，你跟她們做過比牽手更進一步的行為了嗎？你該不會跟她們兩個都做到最後了吧？」

「——那野野村呢？你過去有這種經驗嗎？……我不會告訴百瀨的。」

「——你覺得把這件事全部說出來，身邊的人會接受嗎？」

她就像這樣毫不客氣地發問，而我也盡可能誠實回答——就這樣過了約一個小時。

我們聊得相當深入，該說的應該都說了。

我自己也覺得能說的事情幾乎都說完了。

除了特定人名與雙重人格的事，我應該把自己的處境全告訴他們了。

TOKORO老師似乎也有同樣的感想。

「嗯……我明白了。」

她放下筆，專心注視著寫滿文字的筆記本。

……結果如何？

她有何感想？

我能幫上TOKORO老師的忙嗎……

然後——

「是嗎……這樣啊～～……」

她緊緊交抱雙臂——深深嘆了口氣。

「原來如此啊……」

……啊啊——看到她的反應，我總算明白了。

——我沒能滿足她的期待。

她原本以為聽我說完這些話，也許有能用在作品中的故事。

她想在我這個人身上找到那種特別的「某種東西」。

在她眼中，我表面上應該是有那種東西的人吧，而我的處境也確實有些特殊。

可是——我本身是個一無所有的人。

無法決定自己的未來也無法確定自己愛上誰——只是隨波逐流地活著，一無所有。

所以……TOKORO老師也找不到我能派上用場的地方。

「……抱歉。看來……我好像幫不上什麼忙。」

「啊啊！不，你誤會了！」

TOKORO老師慌張地揮揮手。

「問題出在我身上！就是，因為我還在找尋靈感……」

……這麼明顯的客套話，讓我感到更加愧疚。

——會議室裡充滿停滯不前的氣氛。

每個人都不說話，身體一動也不動……感覺像在找尋這條死路的出口——

這種情況……該如何解決？我接下來又該怎麼做？

果然……應該叫細野過來嗎？如果跟那傢伙談，應該可以找到比我更能派上用場的東西不是嗎？

還是說……應該把秋玻與春珂叫來？

請她們談談我剛才說的那些，從另一個角度補足事情的全貌……？

……我不確定這樣管不管用。

即使如此，應該也比現在這樣什麼都不做來得好。

我覺得應該稍微掙扎看看。

「那、那個……！」

就在我喊出聲音的時候——

「——我還有個問題想順便請教一下。」

一直保持沉默的他——野野村先生開口了。

有別於會議室裡的沉重氣氛，他的口氣就跟平時一樣柔和，彷彿連周圍都溫暖起來了。

「矢野同學，我現在知道你有很多煩惱了。這些話很有參考價值，很感謝你。」

「啊啊，不，您太客氣了……」

「可是，如果要在當中選一個……」

野野村先生——看向我。

「如果——要你舉出一件最令你痛苦的事，你覺得是哪件事？你現在正為了什麼感到痛苦……？可以的話，希望你能告訴我。」

——什麼事最令我痛苦嗎？

確實有很多事都讓我感到痛苦。

讓我困擾的事也不少。

那麼——其中最令我痛苦的是什麼？

在糾纏著我的現實問題當中，到底是什麼事在折磨著我？

雖然很緩慢，我試著踏實地探究自己的想法。在充滿雜訊的思緒之中，盡可能只找出有必要的線索，加以比較。

然後——我找到了。

「……應該是那種被別人拋下的感覺吧。」

我說出這個答案後——原本低著頭的TOKORO老師就猛然抬起頭。

「被別人拋下……？」

野野村先生又複誦了一遍。

「矢野同學，你覺得自己被周圍的人拋下了嗎？」

「我不確定……是不是被周圍的人拋下，就是有種明明自己該前進，卻沒有前進的感覺……」

沒錯，我一直在原地打轉。

我無法前進也無法回頭，而大家——都拋下了這樣的我。

「她們兩人都毫不猶豫地對我表達好感，可是，我卻無法定下心意做出選擇……不光是這件事，就連將來的事也一樣——」

——TOKORO老師開始飛快地動筆。

「——我越思考這個問題，越是親身來到這種職場參觀……就越深切感受到自己的無能……」

實際說出這些話讓我覺得自己很沒用，忍不住想笑。

可是……這是我毫無虛假的真心話。

結果這就是令我感到痛苦的事。

我也——想要前進。

我想做出某種決定，從現在身處的地方踏出一步。

然而——我無法辦到。

「……是御門。」

TOKORO老師小聲呢喃。

聲音在狹窄的會議室裡短暫回響。

然後——

「我總算找到了。原來御門是這樣的男生……」

她依然一臉認真地在筆記本上寫字，一邊繼續說出這句話。

……找到了？

TOKORO老師從剛才的對話中找到靈感了嗎？

「……有辦法寫下去了嗎？」

「是啊……」

TOKORO老師依然低頭看著筆記本，向野野村先生點點頭。

「被別人拋下啊……原來如此。無法做出抉擇的痛苦，以及未來的事……把這些問題全部結合起來，就會變成這種情緒嗎……這是我沒想過的事……」

——野野村先生笑著看向我。

然後握起拳頭。

……一切都搞定了嗎？

TOKORO老師成功找到寫小說的靈感了嗎……？

「……不好意思，我想要一個人寫稿。」

TOKORO老師用幾乎等於自言自語的聲音這麼說。

「可以請你們兩位出去嗎……」

「……好的。」

說完，野野村先生靜靜地站起來。

看到他向我招手，我也收拾好東西，跟著他離開會議室——

*

「……哎呀～～你幫了大忙呢！真是太感謝你了！」

關上會議室的門後，在走向辦公桌的途中——野野村先生大大地呼了口氣，大聲叫了出來。

「啊～～我這次真的有種不知道該如何是好的感覺……嗯，拜你所賜，應該可以順利過關了！矢野同學，這都是你的功勞，我很感謝！」

「……真、真的嗎？」

即使緊張感總算消失，我依然不覺得自己幫上了忙。

「這樣TOKORO老師就能完成原稿了嗎……？我有稍微派上用場嗎？」

「就我的經驗來說，一旦TOKORO老師進入那種狀態，通常都會寫出不錯的作品。因為她現在滿腦子都是改稿的內容，應該已經完全進入狀況了吧。而這件事——」

來到辦公桌前——野野村先生向我伸出手。

「——矢野同學，都是多虧你。謝謝你。」

——我畏畏縮縮地回握那隻手。

那是成年男子既粗獷又火熱的手——

然而，我覺得這是自己頭一次站在對等的立場——面對野野村先生這個人。

正當我茫然思考這種事情時，野野村先生被編輯前輩們輪番挖苦。

「——野野村，你又借助高中生的力量了嗎？」

「——哈哈哈，是啊。經你這麼一說，我才發現自己一直在做這種事。」

「——你差不多該多少給人家一點版稅了吧？」

「——我也這麼覺得。我會跟TOKORO老師商量看看的……」

「——要不然就從你的薪水扣吧。」

「——拜託放過我吧～～！我的薪水已經夠少了！」

……我直到現在才體會到這個事實。

野野村先生也是還不到三十歲的年輕人，在這個編輯部，他還算是個菜鳥……

看著這樣的光景——我清楚感覺到有個想法在腦海中浮現。

我無法前進，也無法做出任何選擇。

可是——我現在或許能夠結束這一切。

我或許可以前進一大步，一口氣追上——甚至超越周圍所有人。

我覺得現在的自己有辦法做到這件事——

「……事情就是這樣。」

野野村先生跟前輩們聊完，重新轉過頭來。

「我想TOKORO老師再過不到一個小時就會出來。等她出來，我們就去吃飯吧！我今天的預算很多，如果你有想吃的東西——」

「——那個！」

——當我回過神時，已經打斷野野村先生要說的話。

可是——我停不下來。

我不想放棄終於找到的線索。

然後——

「——可以讓我在這邊工作嗎！」

——我向他如此詢問。

野野村先生有些意外地睜大眼睛。

面對這樣的他，我繼續說下去：

「我想先在這裡打工到高中畢業……如果貴公司覺得我夠資格，就在我畢業後以某種形式僱用我……」

——周圍所有人都看了過來。

有些編輯一臉疑惑，有些編輯不知為何看起來很高興，也有些編輯似乎搞不懂狀況，整個人都傻住了——

即使如此——這種機會或許不會有第二次。

我絕對不能就此放棄——

「就算不是當編輯也行！不管是要打雜還是做什麼都好，可以讓我……在這裡工作嗎！」

當我把話說完……野野村先生突然露出笑容。

然後——

「你……是認真的嗎？」

「當然是認真的！如果你們願意僱用我，我會跟家裡和學校好好說明……」

「嗯～～……」

野野村先生露出跟千代田老師有些相似……像是在擔心我的笑容，把手擺在自己的脖子上。

然後——

「……看來你真的很心急。」

野野村先生說出自己的感想，表情看起來像在傷腦筋，也像感到開心。

「這樣吧……在這裡談不太適合，我們先到那邊。」

說完，他指向編輯部角落的會談區。

「我想聽你說得更詳細點……」

＊

「——我覺得這就是自己想做的工作！」

在會談室面對面坐下後，我開始向野野村先生說明。

為什麼我想在這裡工作？為什麼我現在非得這麼做？

還有——我到底有多認真看待這件事。

「我從小就喜歡看書……為許多作家著迷，學到許多人生需要知道的事……就算說是小說與故事造就了我這個人也一點都不為過。」

——沒錯。

想在町田出版社上班，對我來說是非常自然的想法。

自己最喜歡的東西就是故事，從事相關工作的人們就在眼前——而且我這次還有稍微幫到他們。

既然這樣，我會忍不住對後續發展有所想像應該也是理所當然的。

「嗯、嗯……」

就連野野村先生點頭的動作，我也覺得是在肯定我，對我的想法有共鳴。

只是——

「……當然，我無法否認自己的實力還不夠。」

這個問題並沒有消失。

「看你們兩位討論改稿的時候，你給TOKORO老師的建議……真的讓我很佩服。你後來對我們說的那些話……也讓我感受到實力的差距。我實在差太遠了……我徹底體會到那種才華與能力的差距。」

才華——

沒錯，我覺得就是才華。

舉例來說，就算我讀比以前更多的書，還去學習各種創作技巧，也肯定無法讓自己在相同年紀擁有跟野野村先生同樣的實力。

「——可是，就是因為這樣……！」

我——振振有詞地如此主張。

「我才想盡早踏出這一步——現在就開始在這裡工作！」

「……嗯。」

野野村先生默默注視著我的眼睛。

雖然有一瞬間差點感到畏懼……但我並沒有閉上嘴巴。

「野野村先生，你是在大學畢業後才來這裡上班的吧？如果是這樣，假如我更早進來——從高中時代開始學習編輯工作，說不定就有機會追上你。我或許……也有機會在你這樣的年紀給作者精確的改稿建議，並且理解作家……所以！」

接著——我用至今最鏗鏘有力的聲音向野野村先生說了：

「——請你……務必僱用我！」

我試著想像——自己在這裡工作的樣子。

如果我每天放學後都來町田出版打工……

如果我畢業以後也繼續在這裡工作，慢慢學習編輯工作——我應該就能稍微肯定現在的自己了。

我覺得自己也能找到屬於我的確切之物。

而我——需要那種感覺。

這種強烈的想法化為幾乎令人喘不過氣的渴望感，逼我找尋那種確切之物——

「……原來如此。」

隔了幾秒後，野野村先生笑了出來。

「謝謝你的說明，我非常明白你的想法了。雖然嚇了一跳，但我總算懂了……」

——他的反應比我想的還要溫和。

我以為他會拒絕我或是同樣激動地反問我，心裡非常緊張……所以他光是願意接受我的想法，就讓我緊張的心情稍微放鬆了。

「話說回來，可以讓你懷有那種想法，我們町田出版社還真是間幸福的公司啊……我們明明有一陣子沒出版暢銷書了。而且你居然對我有那麼高的評價，實在是很感謝。能夠被你這樣愛看書的人說我有才華……我過去的努力也算是值得了……」

「不，沒那種事……」

我不由得感到惶恐。

「我真的沒那麼厲害……」

「……然後……」

野野村先生豎起兩根指頭比出象徵和平的手勢。

「聽完你這些話，我有兩件事想說。」

「……嗯。」

「首先，第一件事——你找對人了，而且時機也剛好。」

「……什麼意思？」

「哎呀～～我們公司目前正好缺兼職人員……」

野野村先生一臉煩惱地皺起眉頭，整個人靠在椅背上。

「連編輯人員都得幫忙處理雜務，實在是很累人。在這種狀況下，聽說現在的兼職人員因為要忙著找工作，能來上班的時間也會越來越少……編輯部正在討論差不多該聘請新人了——而負責這個任務的人就是我。」

——他是這麼說的。

這個太過巧合的發展——讓我的心跳一口氣加速。

換句話說，野野村先生……手裡握有現在當場錄用我來打工的權限。

「如果你是跟其他員工，或是在更早或之後才提出這個要求……事情或許會變得比較麻煩。哎呀～～所以我反倒也嚇了一跳呢……」

「那、那麼……！」

我忍不住從椅子上抬起腰。

「你願意……僱用我來這裡打工嗎？」

「你別急，先讓我把另一件事說完。」

野野村先生用雙手按住探出身子的我。

「我要說的另一件事，就是聽完你那些話以後……我發現你有一個很大的誤會。」

「……誤會？」

「沒錯，說得更明白點，就是你覺得我有編輯方面的才華這件事。那個啊——是你的誤會。」

——野野村先生斬釘截鐵地如此斷言，彷彿在說一件理所當然的事情。

「我覺得自己確實不是毫無才華，不過相反地……我也沒有比別人出色的地方。老實說——我只是一個很平凡的編輯。」

「……真、真的是這樣嗎？」

我無論如何……都無法輕易相信這句話。

這樣還算是平凡？真的嗎？

「是真的。因為我在現在的編輯部還算是菜鳥，能力甚至可以算是比較差的。就連實際的銷售業績，那些前輩編輯也遠遠多於我。」

「……是這樣嗎？」

就算聽到他這麼說，我也很難照單全收。

況且——如果他說的都是實話……

如果連野野村先生這種等級都算是平凡……

「那麼……我不就絕對不可能當上編輯了嗎？」

不管如何努力，我應該都很難變得跟他一樣厲害吧。

然而，如果連野野村先生都只能算平凡，甚至低於一般水準——那我就沒機會成為編輯了。

可是——

「不，正好相反。」

野野村先生——緩緩搖頭。

「你不需要心急。這就是我想說的話。」

——我沒辦法理解這句話的意思，只能等他把話說完。

「我舉個例子，你現在應該是……十七歲吧？我還在你這個年紀的時候……正好剛認識百瀨，跟她一起在推理研究會進行活動……嗯，就算我重新想過一遍，結果還是一樣。我覺得你比當時的我和百瀨——能幹多了，能力也比我們強。」

「……真的嗎？」

就算聽到他這麼說，我還是不敢相信。

「野野村先生，你不是從當時就是一個能幹的高中生嗎？」

「才沒那種事呢！哈哈哈！」

野野村先生似乎覺得莫名好笑，發出聲音笑了出來。

「我跟百瀨老是吵架，不然就是被捲入麻煩，吃了許多苦頭……嗯，現在回頭看，就覺得當時應該可以更聰明地解決問題……啊，對了！」

野野村先生從口袋裡拿出手機。

「我記得有把當時拍的影片移到手機……你看過影片，應該就能感覺出來……」

他在螢幕上滑動了好一陣子。

「啊！找到了！」

然後把螢幕轉過來——按下播放鈕。

『……學長，你在拍什麼？』

——影片開頭是一個女學生的納悶表情。

她有著跟貓一樣的細長眼睛，還有小巧的鼻子，以及像娃娃的小嘴巴。

此外——她穿著制服外套坐在椅子上，那頭漂亮的鮑伯短髮被夕陽照得熠熠生輝。

『嗯？沒什麼，我只是想把我們兩個的青春記錄在影片裡面。』

『……這種場面有什麼好拍的？』

說完，那女孩一臉不悅地看向這裡——是千代田老師。

她就是大約十年前那個還是高中生的千代田老師。

她的長相比現在稚氣，口氣與態度也都帶刺……感覺就是班上都會有的那種難相處的女生。

而她……就待在跟我們的社辦很像的學校小房間裡——

……原來千代田老師以前是那種類型的女生。

現在的她明明那麼成熟，想不到當時給人那種尖銳的感覺……

然後——

『正因為是無關緊要的場面，才更應該拍下來吧～～』

說完，攝影師把攝影機轉了一圈——用類似自拍的方式跟千代田老師一起出現在鏡頭前面。

『耶～～！在未來看著這部影片的我，你現在幾歲了呢？』

——那是個非常平凡的男生。

他是在我們班上也能找到，感覺可以做朋友的和善男生——

十年前的野野村先生就跟他本人說的一樣，看起來只是非常平凡的男高中生——

『你過得如何～～？有開心地生活嗎～～？……百瀨現在該不會還在你身邊吧？』

聽到這句話——一臉不悅的千代田老師嘴角動了幾下。

『總覺得……我就是有那種預感。我們這段孽緣應該不會結束，永遠沒有分道揚鑣的一天……』

『說不定我們過了三十歲都還是單身，還在當失戀偵探呢，啊哈哈……』

──我身旁的野野村先生難為情地搔搔鼻子。

當時的他──或許從沒認真想過自己居然會跟這位千代田百瀨結婚吧。

不過，千代田老師似乎早在當時就有其他想法了。

『……哎，那樣或許也不錯呢。』

『咦～～是嗎～～？到了那種年紀，身邊的人應該都不會為失戀煩惱了吧～～』

『如果是這樣，我們只要幫年輕人解決煩惱就行了……學長，我們的委託者差不多要到了。』

『喔喔，我都忘了……那麼未來的我，再見了～～！你要好好過日子喔～～！』

接著──影片就在野野村先生站在千代田老師旁邊揮手的畫面中結束了。

「──就是這樣。」

眼前這位──十年後的野野村先生開口了。

「……真的很平凡吧？」

「好像……是這樣沒錯。」

「而且當時的我雖然會看小說，但幾乎都是推理小說。我根本無法想像自己會像現在這樣從事純文學方面的工作……」

「……我記得你上次也是這麼說的。」

「所以，我想告訴你的是——其實你不需要焦急。當然，如果你覺得現在是最好的時機，我就會僱用你。既然你這麼喜歡故事，又有做好心理準備，那就足夠了。而且你的應對進退很得體，成績好像也不錯，只是……」

野野村先生瞇起眼睛。

「我反倒覺得——你應該多延遲一段時間。」

「你要我……多延遲一段時間？」

「嗯。」

野野村先生露出透著自信的表情，對我點點頭。

「無所適從或許真的很令人難受，你會感到焦急，也會有被別人拋下的感覺，如果是像你這種個性認真的人，那就更不用說了——可是……」

野野村先生用手拄著臉頰。

「——也確實有還不該做出決定的時間點。而如果想撐過那段時間，在必要的時間點做出必要的決定……我覺得需要某種程度的從容。」

「……從容嗎？」

「嗯，這是我個人的經驗，我也不太會解釋……」

說完，野野村先生露出愧疚的笑容。

「當一個人被逼得走投無路，會感到焦急也很正常。他可能會去抓住虛假的機會，反而不小心錯失真正的機會。我覺得只有在擁有從容的心態時，才最能看清楚什麼是真正的機會。」

「……這我好像可以理解。」

回顧自己過去的經驗，我覺得他說的很有道理。

不管是讀書考試還是運動，都只有在心情放鬆時才會有好成績。

而就這種觀點來說——我現在的心情完全算不上放鬆。

「所以，我覺得現在還不是你該做決定的時候……如果是這樣，你現在最好不要急著前進，慢慢搞清楚自己的想法。畢竟學生時代就像是國家給予的延遲履行權……」

或許真的是這樣。

既然我感到這麼痛苦都還找不到答案——也許只是因為現在還不是我該做出決定的時候。

也許是因為我現在需要停留在原地。

可是——有一件事讓我很在意。

「……野野村先生。」

我下定決心，試著向他請教。

「你也經歷過這種停滯期嗎？你有辦法享受這段期間嗎……？」

「……啊～我嗎……」

野野村先生交抱雙臂，抬頭看向上方。

「我倒覺得學生時代本身就是停滯期……不管是高中還是大學都一樣。」

「……是嗎？」

「嗯。其實我會去讀大學，有很大一部分就是為了延長這段停滯期。我跟百瀨之間的關係也一直處於類似停滯期的狀態。所謂的情侶關係本來就跟寬限期差不多吧？」

「……或許是這樣吧。」

因為兩個人變成那種關係並不會產生任何社會責任。

在法律上沒有任何約束力，也不會多出任何義務——對當事人來說是一種相當舒服的關係。

那種關係或許就像是一種寬限期、停滯期吧。

「反倒是長大成人以後，就會很想要停滯期呢～～！」

野野村先生大大地吐了口氣後笑了出來。

「工作上也是啊～～一旦成功推出銷量不錯的戀愛類作品，編輯就會想讓角色停滯不前，不斷推出續集……這也是一種不需做出結論，不用決定關係，令人覺得很舒服的關係。在這段期間，編輯也等於處在停滯期……因為只要一直打安全牌，就能不斷做出成績……」

聽到這種深感怨恨，充滿商業考量的比喻，我忍不住笑了出來。

這樣啊……編輯果然也很辛苦。畢竟TOKORO老師也是那種比起推出續集，更喜歡寫一本完結作品的人。她應該很少創造出野野村先生口中那種停滯期狀態吧。

「哎，話題扯遠了——我想告訴你的是……」

野野村先生把話題拉回正軌。

「我覺得——你可以試著讓自己虛度光陰。一旦該做出決定的時候到來，我想你就會自然做出決定了——在那之前，你應該不用太過焦急。」

＊

——從町田出版社回家的路上。

我坐在總武線的座位上眺望窗外，一邊思考野野村先生說過的話。

車廂裡有許多準備回家的乘客，我看到千代田區的夜景在抓著吊環的乘客之間飛逝而過。

不同於西荻區附近，這一帶的路燈給人一種雅致沉穩的感覺。

「——『讓自己虛度光陰』啊……」

我小聲複誦他說過的話。

「……那種事我從來沒想過。」

仔細想想，從我懂事到現在，我一直都認真過活。

讀書算用功，不管是人際關係還是其他事情也都習慣想太多。

而我覺得——那是最好的生存之道。

不管是對自己還是對身邊的人，那麼做都是最好的。

因為那種生存之道最正直。

……可是——

「我好像錯了……」

在野野村先生說過的話當中，還有一句話讓我很在意。

『——如果想在必要的時間點做出必要的決定，我覺得需要某種程度的從容。』

——或許真的是這樣。

我發自內心這麼認為。

為了避免自己去追求虛假的機會而錯失真正的機會，我們做人需要彈性——得到那種彈性的方法，或許就是野野村先生口中的「虛度光陰」……

而我覺得——他說的那種「虛度光陰」肯定不是我去教育旅行前的那種狀態。真要說的話，就是並非為了逃避現實而虛度光陰，是在接受現實的前提下展現出來的從容與優雅。

——我大大地吸了口氣，然後把氣吐出來。

當我回過神時，才發現肩膀上的重擔好像稍微變輕了。

感覺完全僵化的腦袋與心情多了幾分玩心。

然後——我很自然地有種想法。

「……我想再多讀一點書。」

出版業確實很有魅力，如果可以在裡面工作，應該會很幸福。

那麼……對我來說真的是最好的選擇嗎？這個世界上應該還有更多能讓我樂在其中

的工作不是嗎？

我總覺得現在的自己想去找尋那種工作。

「……好。」

我打開書包，拿出一直是張白紙的升學意願調查表。

然後我用自動鉛筆——在上面填上這些內容。

姓名：矢野四季

升級意願組別：文組特考組

畢業後的志願：考上四年制大學

「……嗯，這樣就沒問題了吧。」

看著自己填好的調查表，我覺得這樣的未來好像也不錯——忍不住在電車裡獨自笑了出來。

【環狀線上的世界史】

幕間
Intermission

Bizarre Love Triangle

三角的距離無限趨近零

「——妳好，我、我是水瀨……」

——當晚，在自己房間的床上。

我緊張地對著手機這麼說道。

『……咦，喂？難不成妳是……××？』

從手機另一頭傳來成年女性的聲音。

「是、是的！那個，好久不見，我是春……不，我是××……」

『哇～～！真的好久沒聯絡了呢！我們上次見面是在妳讀小學的時候對吧？差不多……有十年這麼久了？』

「……對，大概有這麼久了……」

我拿著手機的手冒汗。

因為擔心自己說錯話，我變得比平時還要不會說話。

不過……我有不惜這麼做也「想確認的事情」。我得想辦法好好聊下去——

我現在的聊天對象——是幼稚園時的老師。

我們當時感情很好，畢業後也經常互相聯絡——直到家裡發生巨變以前都有定期跟這位熟人碰面。

——換句話說，這名女子認識小時候的「我」。

而我正在跟她——跟這位「秋玻」的老朋友通電話。

——不是以秋玻，而是以春珂這個人格。

『妳現在過得如何？還住在富岡的家裡嗎？』

「不，因為家庭因素，我已經搬到東京了……」

『哇！東京！居然搬到那麼遠的地方……妳上高中了嗎？還是已經上大學了？』

「啊，我今年春天就要升上三年級了……所以現在是十七歲……」

『哇～那妳已經是個大姊姊了呢！我想妳應該變漂亮了吧……』

——在我們兩人都把巧克力交給矢野同學後的那一晚。

透過手機的記事本軟體，我和秋玻聊了一些重要的話題。

首先——就是我們讓矢野同學感到痛苦的事。

我們希望他重視我們兩個，平等地喜歡我們這個要求，他完美地達成了。

我和秋玻人格對調的時間現在依然是三十分鐘左右，跟教育旅行那時毫無分別。
換句話說──這就是他有同樣珍惜我們的證據。
也是他有同樣喜歡我們的證據──
對於這件事，我感激不盡。
可是……我們注意到一件事。
──我們好像把矢野同學逼得走投無路了。

──**我也這麼覺得……**

我早就隱約猜到事情會變成這樣。
他是一本正經的人，明明只要認為能同時對我們兩個做各種事情是自己賺到就行了，但他肯定會為此煩惱。我們兩個都喜歡他，一定會讓他感到罪惡與煎熬……
如我所料──在情人節那天，矢野同學在秋玻面前明顯露出煩惱的樣子。我猜他肯定是想不開吧。
……雖然我個人也很在意秋玻當時跟他做了什麼……

總覺得身體莫名火熱……他們一定做了很厲害的事情……

……總之！矢野同學已經快要撐不下去了。

所以，我們也差不多該踏出那一步了。我們不能一直倚賴他的溫柔——

那就是我們的第一個話題。

然後……另一個是關於我們自己的話題。

——我有件想確認的事。

秋玻在記事本中是這麼寫的。

——我想知道讓過去的朋友跟妳說話，對方會有什麼反應。

——對方會察覺異狀嗎？還是會順利接受？

看到這幾句留言——我馬上就明白了。

明白秋玻想確認什麼。

還有當對方有什麼反應時，有可能會是什麼原因——

我想起之前矢野同學跟秋玻一起看相簿時的事。

秋玻說——當矢野同學看到她過去的照片，好像誤以為照片上的人是我——

那如果問其他人同樣的問題，對方又會如何回答呢？

比如說——如果讓現在的春珂跟認識當時的秋玻的人說話，對方會有什麼感覺……

我對此感到有些抗拒。

這是——在確認我們兩個的「根源」。

視情況而定，這將大大左右我們之間的關係——

可是——

——**我明白了，就來試試看吧！**

我同意了這個提議。

因為我能理解秋玻想確認這件事的心情——而我也想知道答案。

——我想知道我們真正的樣子。

——還有雙重人格真正的意義。

「……那個，老、老師……」

對話過程中沒有出現什麼大問題，聊了一段時間後——我總算向老師這麼問：

「妳覺得怎麼樣……跟那時候比起來……我是不是變了……」

『……那時候？』

「對……」

聽到老師狐疑地這麼問，我忍不住在房間裡獨自點頭。

「那個，我跟老師已經分開差不多十年了……呃，一直覺得自己可能變了很多……所以，我想知道老師……會不會覺得我變了一個人……」

『……啊～～我懂妳的意思了！』

老師似乎終於聽懂我的意思，用開朗的聲音叫了出來。

『這個嘛……呵呵呵……』

然後老師——不知為何好像有些開心。

她用彷彿在報告幸福的近況的語氣如此回答——

『我覺得現在的妳，比起那時候——』

尾聲
Epilogue

【揭幕】

Bizarre Love Triangle

三角的距離無限趨近零

「……是嗎？原來你決定選擇文組特考組。」

時間來到隔週，在我繳交志願調查表那天的放學後——

聽到我的報告，秋玻在社辦裡笑了出來。

「我和春珂也一樣，都是選擇文組特考組……希望我們三個明年也能同班……」

「嗯，我也希望。」

我點了點頭，對她回以微笑。

「雖然這樣就得跟選理組的修司還有選升學組的須藤分開……不過或許有機會跟柊同學同班。希望能進到一個不錯的班級……」

從窗外射進來的光線把社辦裡染成一片米黃色。

現在是二月下旬。

可說是一年中最冷的時期，但景色已經逐漸變成春天的樣子了。

再過不久——我跟秋玻與春珂認識就滿一年了。

「……不曉得未來會發生什麼事。」

我用手拄著臉頰看向窗外，想像我們未來的樣子。

「我們會開始準備考試，參加入學考，變成大學生，然後變成大人……未來的我們會變成什麼樣……」

實際說出口後——我才發現自己或許是頭一次思考這個問題。

過去的我光是要應付眼前的問題就已經竭盡全力。

自己該怎麼做？該怎樣才能做一個正直的人？光是要解決這些問題就讓我耗盡全力……沒有餘力思考未來與過去。

——這肯定是野野村先生的功勞。

我覺得如果自己能保持這種想法，肯定就能掌握住「真正的機會」——也能更有彈性地接受我跟秋玻與春珂之間的關係。

——可是……

「……謝謝。」

秋玻突然小聲地這麼說。

「……謝什麼？」

「謝謝你願意同樣地珍惜我們，謝謝你珍惜我和春珂……」

「……秋玻？」

聽到那種語氣——我忍不住轉頭看向她。

秋玻肯定正準備對我說重要的事情——

她依然低頭看著桌子——在微弱陽光照射下，慢慢地繼續說下去。

「還有就是……讓你這麼煩惱，我很抱歉。我想你一定很痛苦吧，因為你是個正經的人……不過，那種事情已經結束了。跟春珂討論後，我們做出決定了……」

接著——她抬起頭。

對說不出話的我微微一笑，如此說道——

「——果然還是要請你做出選擇。」

「——看你是喜歡我還是喜歡春珂。我們希望你能確定自己的心意。」

「——對不起……我們每次都提出這種任性的要求。可是，我們已經決定希望你這麼做——」

「……這樣好嗎？」

這是我最先說出口的疑惑。

「只要我不做出選擇，妳們就能一直保持這樣了吧？春珂就不用消失了吧……？」

那應該是——我們的希望才對。

聽說春珂總有一天會消失。正因如此，我們才會想讓她盡情享受人生。

所以……我們才會想改變那樣的未來。

為了不讓春珂消失，我才會不去決定自己喜歡誰。

然而，事情到了這個地步……她們卻不知為何希望我做出選擇。

可是——

「……抱歉，剩下的事，你就跟春珂討論吧。」

說完，秋玻有些寂寞地皺起眉頭。

「我和春珂無論如何都想一起向你提出這個要求……一直在等待適當的時機，現在差不多要跟春珂對調了……」

「……嗯，我明白了。」

「真的很抱歉，我們每次都提出任性的要求。」

說完這句話——秋玻稍微低下頭。

然後——

「……啊，人格對調了。」

春珂露出一如往常的悠閒表情，抬起頭來。

「……秋玻已經把事情大致告訴你了吧？」

「嗯……」

我告訴春珂自己從秋玻口中聽到的事情。

而且——再次向春珂問道：

「這麼做……真的好嗎？如果是為了跟妳一直在一起，我願意不做出決定，只要可以維持現狀就行了。即使如此……妳還是覺得讓我做出決定比較好嗎？」

「……嗯。」

春珂露出那種平靜卻又有些稚氣的表情點點頭。

「其實……跟秋玻聊過以後，我有個想法。就算不再有雙重人格——那也肯定不會是悲慘的結局。那是唯一——能讓我們，讓我——回歸正軌的方法……」

「……要是結束了，妳就會消失吧？」

儘管對說出這句話感到抗拒，我還是如此向她確認。

只有這件事——我無論如何都想搞清楚。

「一旦沒有雙重人格，人格統合以後……妳就會消失不是嗎？」

我實在不認為那是什麼「讓我回歸正軌的方法」。

如果未來會是那樣的結果，我絕對不想在她們之中做出選擇。

可是——

「……這很難說。」

春珂的回答很模稜兩可。

「我覺得這件事並非絕對。沒有雙重人格以後，我就會消失嗎？還是會發生其他我們沒想過的事……一開始醫生是說我遲早會消失……但後來我們並沒有頻繁地向醫生詢問目前的狀況。不管是實際狀況還是我們兩人的想法，在那之後都改變了許多……」

「……是這樣嗎？」

「哎，其實我也不知道，這全都只是我的臆測。不過……」

春珂像是想起什麼，將目光移到腳下。

「昨天晚上，我跟秋玻以前認識的人通過電話了。她是秋玻在我誕生之前就認識的幼稚園老師，對方根本不認識春珂這個人。」

「……而妳就這樣跟對方聊天嗎？」

「嗯……可是，對方說我就跟小時候一樣。真是不可思議，老師認識的人應該是秋玻，而且我和秋玻的個性差那麼多……」

——我明明沒見過那位老師，卻好像可以體會她的心情。

事實上——我也曾經把相簿裡過去的秋玻看成春珂……

然後春珂——露出意志堅定的眼神。

眼裡閃爍著無可撼動的自信，繼續說下去——

「所以，我是這麼想的。我——春珂也毫無疑問就是本人，既不是秋玻的副人格，也不是短暫誕生的臨時人格。我毫無疑問是一個完整的人格——」

——剛認識的時候，我只把春珂當成「在秋玻心中誕生的人格」。

因為春珂是個遲早會消失的虛幻存在，讓我一直覺得她很特別。

可是如今——她的存在已經變得更巨大，也更為扎實。

所以，我確實也是這麼想的。

那就是——她毫無疑問是一個完整的人。

「這樣的我和秋玻一直共用一個身體還是很奇怪……我覺得沒有了雙重人格，等待著我們的並不是悲慘的結局。我不曉得那會是什麼樣的結局，雖然不曉得——但我覺得維持現狀肯定是錯的。」

春珂——看向我。

用那雙藏有好幾億光年的深邃黑暗與銀河的眼睛看著我——如此說道：

「所以——矢野同學，你願意選擇嗎？」

——我明白她們的想法了。

到頭來，我還是不曉得她們將來會變怎樣。

沒有任何一件——確定的事情。

可是，繼續這樣下去肯定是個錯誤。

對自己的心意說謊，在沒有做出決定的情況下過著愜意的日子——

不管是對秋玻、春珂——還是對我，那肯定都不是好事。

我現在終於發現這件事了——

所以——面對春珂的這個問題，我大大吸了口氣，明確地點點頭。

「我明白了。我會做出選擇——」

春珂露出有些悲傷的笑容——

她用力點了頭，對我如此回答：

「嗯——謝謝你，矢野同學！」

*

——就這樣，我們最後的「爭奪戰」開始了。

後記

第五集……這部作品真是走了好長一段路。

《三角的距離無限趨近零》的故事也來到後半段了，真的非常感謝大家的支持。託各位的福，我才能慢慢花時間寫出自己滿意的故事。

這實在是非常幸福的事情……

在上一集也有稍微提到，故事接下來的主軸會是秋玻與春珂的過去。而在後半段的故事中，這一集在我心目中的定位是「在戀愛方面踏出一步」與「跟大人有所交流」的一集。

關於前者……也就是「戀愛方面」這個部分，已經看完這一集的讀者應該都知道是怎麼回事。

像這種類型的輕小說大概很少會寫到那種不該寫的劇情。

我自己也寫得提心吊膽，就算已經寫到後記了，心情還是在自信與不安之間搖擺不定。

可是，寫出那種場景是我開始寫這部作品時就訂下的目標。

就跟須藤在第一集說過的一樣，高中生的戀愛並非兩情相悅就算走到終點。

如果是這樣，那我想盡可能如實描寫在那之後的事情。

正因如此，如果能讓各位讀者因為這一集的內容感到臉紅心跳，我會非常開心。

再來是「跟大人有所交流」這個部分。

只要想起高中時代，就會覺得好像大學以上，更進一步來說就是超過二十歲的人，都是跟自己完全不一樣的大人。

可是，一旦實際過了那種年紀，就會覺得完全沒那回事。

我這次有試著把這種落差放進故事中，希望能讓大家看得開心。

對了，大家有看封面插畫了嗎？既然大家都讀到這裡了，應該不至於沒看過。我頭一次看到那張插畫時，真的有種心動的感覺呢。唉……我真的很喜歡那張圖。我看我乾脆以Ｈｉｔｅｎ老師的插畫為目標，一直寫下去算了……好既然決定了我要認真提出企劃只要作家生命還沒結束Ｈｉ（恕刪）

此外，岬鷺宮的新作《日和ちゃんのお願いは絶対》會跟這本第五集一起上市。這部作品跟《三角》一樣是戀愛故事，女主角能讓人絕對遵從她的「願望」。因為這是我一直想寫的故事，希望支持《三角》的讀者們也能看看這部新作，請多多指教。

以上就是第五集。可以的話，就讓我們在第六集再會吧。大家再見。

岬　鷺宮

附錄章節

Extra conten

(Extra Content)

【99×100】

「——我回來了～」

當我聽到他的聲音從玄關傳來——夜已經深了。

現在時間將近晚上十二點。

我有猜到今天也會很晚……但他已經很久沒這麼晚回家了。

在沙發上看書的我抬頭一看，發現顯然快要累癱的丈夫——九十九搖搖晃晃地走進客廳。

「你回來啦，今天還真晚。」

「嗯，哎呀～結果發生了不少事情……」

他一邊苦笑一邊脫下外套。

「……有夠累人。」

他說著一屁股坐在沙發上。

雖然他每次回家都是這樣……今天好像比平時還要疲倦。

我想……八成是因為我的提議才會這樣。

我暗自向他道歉後走向廚房，同時再次開口對他道歉。

「抱歉，我先吃過飯了……」

如果可以，我想跟九十九一起用餐。

在九十九先回到家的日子，他經常會做好飯菜等我回來一起吃……但我今天實在等不了那麼久。

可是——

「啊啊，沒關係啦。」

他用輕鬆的口氣這麼說，還輕輕揮了揮手。

「要是等到這種時候，妳也會很餓吧。」

「……謝謝你。」

我打開瓦斯爐……突然感覺到一股歡喜湧上心頭。

我跟丈夫——野野村九十九已經認識超過十年了。

在那之後發生了許多事，原本還是高中生的我們都變成大人了。

我成為宮前高中的現代文學老師。

九十九成為町田出版社的編輯。

即使如此——只要被他關心，我還是會很高興。

這種能感受到溫柔的幸福，就跟我剛愛上他時毫無分別——

「……所以，結果怎麼樣了？」

在準備飯菜的同時，我隔著桌子向他問道：

「你跟矢野同學聊過了嗎？TOKORO那邊的問題有順利解決嗎？」

——你可以幫我再跟矢野同學聊一次看看嗎？

看到矢野同學依然在為志願問題煩惱的樣子，我如此拜託丈夫。

不知為何，自從矢野同學去過町田出版社，看起來更煩惱了……而且他好像不打算把心事告訴我。

如果是這樣，讓九十九去跟他接觸，事情或許會出現轉機——我是這麼想的。

而且TOKORO好像也恰好（？）為了寫稿陷入煩惱。

於是，我拜託九十九拿這件事當藉口（抱歉，TOKORO……）聯絡矢野同學。

他今天會這麼晚回家，原因八成就是這件事吧。

「噢，關於這件事……」

九十九看向我，露出有些開心又有些困擾的笑容。

「矢野同學說——希望我立刻僱用他在町田出版社打工。」

「……咦咦咦咦咦！！」

——我忍不住叫了出來。

手裡拿著的盤子也差點掉下去——

因為……他居然說要去工作！

而且還是立刻！

可是，九十九卻露出開心到不行的表情。

「他還說可以的話，希望畢業後也能繼續在我們公司工作。」

「不……不行啦！」

我再次反射性地叫了出來。

「我們學校禁止學生未經許可就去打工！」

如果有苦衷，當然沒問題。比如說，學生家裡的經濟狀況等等。

可是……矢野同學家似乎沒有經濟上的困難，而且還偏偏選在要升上三年級的這段時期？也沒有任何前兆！

身為他的班導，這件事我實在無法贊同……！

看到我焦急的樣子——

「啊啊，妳不用擔心。」

九十九有些不懷好意地笑了出來。

「我有跟他好好談過，讓他改變心意了。」

「……這、這樣啊？」

我總算稍微冷靜下來，回過神的同時這麼確認：

「真的沒問題嗎？矢野同學願意接受了嗎？他的想法沒有變得更混亂嗎？」

「嗯，我覺得沒問題了。看他那個樣子——應該可以找到不錯的答案吧。」

「……是嗎？那就好。」

既然九十九都這麼說了——我想肯定沒問題吧。

因為他不會說出那種不負責任的話。

更別說這可是關係到我重要學生的事情。

可是——

「……那你跟他說了什麼？」

我心中還留有一些疑惑。

矢野同學到底在煩惱什麼？

九十九只跟他聊過一次，又是怎麼解決他的煩惱？

「我沒跟他說什麼大道理，只告訴他不用焦急。」

「……真的只有這樣？」

「嗯……對了，我還讓他看了我們在高中時代拍的影片。」

「……你說什麼！」

我再次叫了出來。

「高中時代拍的……影片！我、我們有拍過那種東西嗎？」

「嗯。」

「影、影片在那裡……？」

「在我的手機裡。」

「讓……讓我看看！」

我趕緊衝出廚房，在他身旁坐下，探頭看向他手上的手機。

我都不知道還有那種影片……

而且居然被學生看到了……

要是影片的內容很怪，我該如何是好？

想到高中時代的自己……嗯，這種可能性非常高。

我只希望影片內容別讓矢野同學對我幻滅……

「嗯。」

他把肩膀靠了過來，讓手機播放影片。

換作平常，這是會讓我想跟他卿卿我我的距離，但現在可不是做那種事的時候。

螢幕上開始播放影片。

然後——

『……學長，你在拍什麼？』

『……這種場面有什麼好拍的？』

看起來相當不高興——還是個女高中生的我出現了。

在傍晚的推理研究會社辦裡，我用很不友善的表情跟九十九對話……

可以看到當時的我頭髮很漂亮，肌膚也特別水嫩，不同於二十幾歲的現在，有著十多歲年輕人特有的稚氣，但還有其他更令人在意的地方。

——像是因為脾氣彆扭而深鎖的眉頭。

——還有那種冷漠的眼神。

——以及故作冷靜的口氣。

「……啊，啊啊啊啊啊～～……」

喉嚨發出奇怪的叫聲。

臉頰一口氣發燙，讓我忍不住用手摀著臉。

當時的我……還不清楚自己該怎麼過活，總是把自己搞得太緊繃。現在看到當時的樣子，只覺得那時的自己自我意識太重了……實在是看不下去。

糟透了，這真是糟透了……

如果只是中二病，現在的我還能笑著看待。

可是，因為這種像是高二病的態度……我現在還沒完全改掉……所以很直接地感到羞恥……

還不光是這樣——

『——總覺得……我就是有那種預感。我們這段孽緣應該不會結束，永遠沒有分道揚鑣的一天……』

『——哎，那樣或許也不錯呢。』

『——如果是這樣，我們只要幫年輕人解決煩惱就行了……學長，我們的委託者差不多要到了。』

……這真是太明顯了。

早在這個時候，我就已經喜歡上學長——九十九，這件事很明顯地表現在我的態度上。

因為當時的九十九完全沒發現，我猜他現在或許也沒發現影片中的我的心意。

可是……矢野同學應該有注意到吧……

唉～～……居然被學生看到這種影片啊～～……

臉頰發燙到幾乎要噴出火的地步。

全身都在冒汗，讓我忍不住把空調的溫度調低。

從明天開始，我該用什麼樣的表情去上課……

被學生看到這麼羞恥的模樣，我該如何保持威嚴……

我搖搖晃晃地回到廚房，繼續準備晚餐。

可是，因為受到的打擊太大，我很自然地把手伸向家裡收藏的葡萄酒，開始喝了起來。

然後，當九十九的晚餐準備好時——

「……讓你久等了～～」

我已經完全喝醉了。

「喔、喔，謝謝妳……話說，妳好像醉得差不多了。妳沒事吧？」

九十九一邊接過餐盤擺在桌上，一邊驚訝地說道。

那表情不知為何讓我看了就生氣，但腦袋還是有種輕飄飄的感覺。

「……你以為是誰害的？」

當我回過神時，已經改用高中時代說話的口氣了。

「學長，都是因為你擅自把那部影片給別人看……我才會變成這樣吧。竟然給我的學生看那種東西……」

「有什麼關係～～矢野同學好像也是因為看了那部影片，心境才有所轉變。」

「……你是說真的？」

「當然是真的。我要開動了～～」

學長雙手合十，開始享用桌上的飯菜。

今天的菜色是簡單的熱炒料理、沙拉、飯和味噌湯。

我回家的時間也有點晚，所以菜色並不多。

「……嗯，好吃。」

學長的表情突然亮了起來，一臉開心地吃著飯菜。

「這盤熱炒料理真是不錯。謝謝妳，百瀨。」

——我們結婚已經有一段時間了。

他至今依然每次都會稱讚我做的菜。

我不是那種擅長做菜的人，而且學長會做的菜色甚至比我多。即使如此，看到他對這種料理露出那種表情，我就很自然地覺得能跟他結婚真是太好了。

——就在這時，我突然睏了。

畢竟最近一直在熬夜，而我只要喝酒就會想睡。

我就坐在他對面，上半身趴倒在桌上。

「……學長。」

「嗯？」

「結果你說過的話成真了呢……」

我在半夢半醒間說出這樣的話。

「就算變成大人……我們的距離還是這麼近……」

「是啊。」

學長喝了一口味噌湯，露出覺得有趣的微笑。

「我記得妳比我還擅長預測事情。要是告訴當時的妳這件事，不曉得妳會露出什麼樣的表情。我猜妳肯定會大吃一驚，還會向我抱怨。」

學長像是個喜歡惡作劇的男生，露出有點幼稚的表情。

可是——

「……我覺得我不會有那種反應。」

「是嗎～～？」

「我想……我肯定藏不住自己的歡喜。」

在一腳踏進夢鄉的同時——我是這麼告訴他的。

「我應該會非常開心……開心到連你這個遲鈍的學長也能發現。」

小惡魔學妹纏上了被女友劈腿的我 1 待續

Kadokawa Fantastic Novels

作者：御宮ゆう　插畫：えーる

第四屆KAKUYOMU網路小說大賽
戀愛喜劇類「特別賞」得獎作品！

聖誕節前夕被女友劈腿的我——羽瀨川悠太，遇見了穿著聖誕老人裝的美少女——志乃原真由。身為學妹的那傢伙，總是捉弄著正處情傷的我，卻又看不下去我自甘墮落的生活而做美味的料理給我吃——相近的距離教人心焦，有點成熟的青春戀愛喜劇登場！

NT$220/HK$73

一房兩廳三人行 1 待續

Kadokawa Fantastic Novels

作者：福山陽士　插畫：シソ

單身上班族奇妙的同居生活突然展開。
與兩名JK共譜溫馨的居家戀愛喜劇。

由於父親託付，單身上班族駒村必須暫時照顧過去關係疏遠的表妹——打扮時髦的女高中生奏音。為生活急遽改變傷腦筋的駒村在下班途中遇見了離家出走而無處可去的女高中生陽葵，沒想到她竟然也硬是住進了駒村家中——

NT$220/HK$73

在流星雨中逝去的妳 1~5 待續

Kadokawa Fantastic Novels

作者：松山剛　插畫：珈琲貴族

「夢想」與「太空」的感人巨作，
迎來最高潮的第五集！

平野大地回到高中時代。神祕學妹「犂紫苑」出現，說了「我就是蓋尼米德」告知自己的真面目……與幕後黑手「蓋尼米德」的對決、伊緒的失蹤、潛入Dark Web、黑市拍賣、有不死之身的外星生命、手臂上出現的神祕文字、來自過去的可怕反撲——

各 **NT$250/HK$83**

青春豬頭少年不會夢到迷惘女歌手

作者：鴨志田 一　插畫：溝口ケージ

咲太等人又碰上了未知的思春期症候群？
全新劇情展開的青春豬頭少年系列第十彈！

咲太等人升上大學，過著嶄新又平穩的生活，某一天——偶像團體「甜蜜子彈」的隊長卯月感覺怪怪的，總是少根筋的她居然會看周遭的氣氛……？咲太感覺事有蹊蹺，但是其他學生都沒察覺她的變化。這是碰上了未知的思春期症候群？還是——？

各 **NT$200~260/HK$65~78**

青梅竹馬絕對不會輸的戀愛喜劇 1 待續

Kadokawa Fantastic Novels

作者：二丸修一　插畫：しぐれうい

我的青梅竹馬要用最棒的方式
幫我向初戀對象報仇？

我的青梅竹馬志田黑羽似乎喜歡我，不過，我第一個喜歡上的對象是美少女兼校園偶像，拿過芥見獎的高中在學女作家——可知白草！然而，聽說白草交到了男友，我的人生便急轉直下。黑羽對陷入失意的我耳語——既然這麼難過，要不要報仇？

NT$200/HK$67

國家圖書館出版品預行編目資料

三角的距離無限趨近零/岬鷺宮作；廖文斌譯. -- 初版. -- 臺北市：臺灣角川股份有限公司, 2021.06-
冊；　公分. -- (Kadokawa fantastic novels)

譯自：三角の距離は限りないゼロ
ISBN 978-986-524-547-4(第5冊：平裝)

861.57　　109001892

Kadokawa
Fantastic
Novels

三角的距離無限趨近零 5

（原著名：三角の距離は限りないゼロ 5）

2021年6月7日　初版第1刷發行
2023年6月30日　初版第3刷發行

作　者：岬鷺宮
插　畫：Hiten
日版設計：鈴木亨
譯　者：廖文斌

發行人：岩崎剛人
總編輯：蔡佩芬
編　輯：孫千棻
美術設計：吳佳昫
印　務：李明修（主任）、張加恩（主任）、張凱棋

發行所：台灣角川股份有限公司
地　址：104台北市中山區松江路223號3樓
電　話：（02）2515-3000
傳　真：（02）2515-0033
網　址：www.kadokawa.com.tw
劃撥帳戶：台灣角川股份有限公司
劃撥帳號：19487412
法律顧問：有澤法律事務所
製　版：尚騰印刷事業有限公司
ISBN：978-986-524-547-4